講談社文庫

キネマの天使

レンズの奥の殺人者

赤川次郎

講談社

目次

登場人物紹介

東風《こち》亜矢子《あやこ》　スクリプター（記録係）
正木《まさき》悠介《ゆうすけ》　映画監督
大村《おおむら》健一《けんいち》　録音技師
市原《いちはら》靖之《やすゆき》　撮影監督
葛西《かさい》哲次《てつじ》　チーフ助監督
本田《ほんだ》亮《りょう》　照明スタッフ
水原《みずはら》アリサ　女優
納谷《なや》達郎《たつろう》　男優
杉下《すぎした》文果《ふみか》　納谷のマネージャー
安井《やすい》正夫《まさお》　スタントマン
倉田《くらた》亮一《りょういち》　警視庁捜査一課の刑事

東風茜《あかね》　亜矢子の母
大和田《おおわだ》広吉《ひろきち》　九州の資産家
安井真衣《まい》　正夫の妻
安井沙也《さや》　正夫の娘
貝原《かいばら》エリ　新人女優
正木涼子《りょうこ》　正木監督の妻。元・スター女優「泉《いずみ》涼子」
有田《ありた》由美《ゆみ》　女優
長町《ながまち》照夫《てるお》　スタントマン
森川《もりかわ》弥一《やいち》　スタントマン
三橋《みはし》邦子《くにこ》　ホテルS客室係
三橋陽子《ようこ》　邦子の娘

キネマの天使

レンズの奥の殺人者

プロローグ

これは映画の中なのだろうか。

そう。——きっとそうなのだ。

カメラが回って、監督の、

「カット！」

の声がかかる。

すると、倒れている男はパッと起き上り、ニヤリと笑って見せるのだ。

そうだ。——そうに決っている。

その人物は待っていた。「カット！」の声がかかるのを。

しかし、その声はいつまでもかからなかった。なぜなら、ここには監督もカメラマンもいなくて、いるのはその人物と、冷たい床に倒れている男の二人だけだったからである。

そして、倒れている男は、いつまで待っても起きて来るはずがなかった。鋭い刃が深々と心臓まで突き刺さっていたら、どうしたって起きられるはずがない。

神様。本当にあの男は死んでいるのだ。

もう、時間を戻すことはできない。フィルムを巻き戻して、死んだ男を生き返らせるというわけにはいかないのである……。

どれくらい時間がたったのだろう？

我に返って、その人物は立ち上った。

行かなければ。――ここから出て行かなければ。

頭で分っていても、体が動くまでに、永遠のように長い時間が流れた。

さあ。――ドアを開けて出て行くのだ。

何ごともなかったような顔をして。誰が見ても、ごく普通の、当り前の様子で、出て行くのだ。

ドアを開けようとして、ふと思い付き、ハンカチを取り出すと、ドアノブを拭《ぬぐ》った。そして、ハンカチをつかんだ手で、そのままドアを開ける。

指紋。そんなことに気が回る自分に驚いていた。いや、そんなものかもしれない。細かなことに気が付いて、肝心のことを見落としているとか……。念のため、もう一度振り向いて部屋の中を見回す。

大丈夫。――大丈夫だ。

その人物は、しっかりした足取りで、歩き出した。

一歩一歩、あの男から遠ざかる。体の中から、恐怖や興奮の思いが少しずつ流れ出て行くようだった。

終った。――終ったのだ。

さしずめ、映画撮影の現場なら監督が言うところだ。

「カット!」

1　スクリプター

「カット!」

少し甲高い声でそう言うと、監督は傍《そば》の録音の「ケンさん」の方を見る。

ケンさんが肯《うなず》くと、監督は言った。

「OK!　昼にしよう」

ホッとした空気がセットに流れた。

「午後は二時からです。よろしく！」

助監督の声が響く。

亜矢子《あやこ》は左手のストップウオッチを見て、膝《ひざ》の上のシナリオに〈テイク5　22秒〉と書き込んだ。

立ち上りかけた録音技師の大村健一《おおむらけんいち》へ、

「ケンさん」

と、亜矢子は声をかけた。「〈テイク3〉に飛行機の音が入ったんでしょ？　セリフにかぶってる？」

「ああ、半分くらいね」

「じゃ使えないわね」

メモして、亜矢子は立ち上った。ギュッと腰を伸して、

「やっと半分来たね」

「そうだな。まあ、正木《まさき》さんにしちゃ順調な方だろ」

と、大村健一は言って、「昼、食堂かい？」

「ええ。ケンさん、お弁当？」

「ああ。女房が血圧を心配してね」

「いいわね。みどりさん、元気？」

「また太ったよ」

「そんなこと言って！　自分だって、どう見てもやせてないわよ」

と、亜矢子は笑って言った。「私も、人のこと言えないか」

二人は一緒にスタジオを出ると、食堂のある建物の方へ歩いて行った。

東風《こち》亜矢子は三十二歳。映画のスクリプターである。

大村は五十五歳のベテラン。

〈音のケンさん〉と、業界では呼ばれている。ヘッドホンから聞こえてくる音で、大村の聞き逃す音はない。

撮影所の中は、風が吹《ふ》き抜《ぬ》けて寒かった。

「この撮影所ができたころは、周囲は田んぼだった」

と、大村が言った。「もちろん風の日もあるが、風のない日もある。だけど、今は周りがマンションだらけだ。ビル風が一年中吹くからね」

撮影所の周辺に、町が迫っているので、色々騒音も増えてやりにくい、と大村はいつもこぼしている。

建物に入ると、亜矢子は食堂の方へ、大村は弁当の置いてあるスタッフルームへと分かれて行くのだが――。

「亜矢ちゃん」

と、大村が呼び止めた。

「はい?」

「正木組は何回目?」

「まだ今度で三本ですよ。〈風の死〉と〈夜行列車〉。そして今の〈闇《やみ》が泣いてる〉です」

映画のチームは、監督の名を付けて〈××組〉と呼ばれる。正木悠介《ゆうすけ》監督は今四十五歳の働き盛りだった。

「じゃあ、もう慣れてるね。亜矢ちゃんのこと、気に入ってるんだろ」

「こき使いやすいんじゃないですか」

と、亜矢子は笑って言った。

「亜矢ちゃんから、ひと言、言っといた方がいいよ」

「ああ……。昨日の話ですね」

「うん。後で困らないように」

「話してみますけど……。監督、すぐ忘れちゃうんですよ」

「そこを、亜矢ちゃんがやさしく、さ」

「言ってみます」

亜矢子は食堂へ入って行くと、トレイを持って、セルフサービスのカウンターに並んだ。

食堂中に響く大きな笑い声をたてているのは、監督の正木である。いつも怒鳴《どな》っているせい――というわけでもないだろうが、声が大きい。

よく飽きない、と我ながら思うが、

「カレーライスとコーヒー」

と、一番シンプルなメニュー。

正木は主役のスターと一緒に食べている。亜矢子は一人、隅《すみ》の方の席について、食べ始めた。

しかし、正木はしっかり見ていたようで、

「おい！　亜矢子！　ここへ来て食べろ」

と手招きする。

いいですよ、と首を振るが、正木がしつこく手招きするので、いやとも言えず、トレイを手に正木たちのテーブルへと移った。

「こいつがいないと、俺は撮れないいんだよ」

と、正木は大げさに言って、亜矢子の肩を力任せに叩いた。

おかげでむせ返りそうになる。

「こいつは俺の第二の女房だ」

「監督、誤解されそうなこと、言わないで下さいよ」

と、亜矢子は苦笑した。

スクリプターは、監督にとっては確かに女房役と言えるかもしれない。タイトルでは〈記録〉として名前が出ることが多い。

ワンカットの長さから、役者の動き、服装……。映像に映るすべてを記録して、つないだときに矛盾が出ないようにする。

監督はそんな細かいことなど憶《おぼ》えていられない。信頼できるスクリプターが必要なのである。

「亜矢子さんはもう何年この仕事やってるの?」

と訊《き》いたのは、〈闇が泣いてる〉のヒロイン役の女優、水原《みずはら》アリサである。

「ちょうど十年ですね。二十二歳で入ったんで」

「十年? ベテランね」

「まだまだですよ。奥が深いですから、スクリプターの仕事は」

「今、三十二？　若く見えるわね。二十六、七かと思った。私より年上なんだ」

水原アリサは二十八歳。もともと劇団にいた舞台女優なので、セリフはよく通る。

ただ、映画の主役としてはやや地味――というプロデューサーの不満も、亜矢子の耳に入っていた。

「水原さん、午後のシーンは寝起きなんで、髪、少し乱れてるようにして下さいね」

と、亜矢子が言った。

「あ、そうね。お化粧も変えるのね」

「メイクさんが分ってますから」

さっさとカレーを食べ終えると、亜矢子はコーヒーを少しゆっくり飲んだ。

水原アリサは先に席を立つだろう。亜矢子は正木と二人になりたかった。

「監督、お先に」

と、アリサは先に席を立った。

「ああ。午後もよろしくね。とってもいいよ、今度の映画」

「ありがとうございます」

少し照れたように言って、アリサは食堂を出て行った。

女優は仕度《したく》に何かと時間がかかる。

正木もコーヒーを飲みながら、

「もうちっとまともな味のコーヒーは出せないのかな」

と、グチった。

亜矢子は、コーヒーの味などいちいち気にしていられないが、監督は繊細な神経の持主なのだ。——今度、もっとおいしく淹《い》れたコーヒーを用意しておこう、と思った。

助監督ではないのだから、そこまで気をつかわなくてもいいけれど、監督の機嫌の良し悪しはスクリプターにも影響する。

「監督、実は——」

と、亜矢子が言いかけると、

「アリサも可哀そうだ」

と、正木が言った。

「——どうしたんですか?」

「主役の柄じゃない、とかげ口を叩いてるスタッフがいるんだ。——見当はついてるが、こっちが何か言うと、ますますアリサに当るだろう。聞こえよがしに言って、アリサも気にしてる」

亜矢子は、正木の口調に、「監督以上」のものを初めて感じて、びっくりした。

――水原アリサは、今の〈闇が泣いてる〉の前作〈夜行列車〉に脇で出ている。

正木がアリサを気に入っていることは分っていたが、自分が起用したことでアリサが辛い目にあっているという気持があるのか。

これがトラブルの種になりませんように、と亜矢子は祈った。

「行くか」

と、正木がコーヒーを飲み干したので、

「あ、ちょっと、監督」

と、亜矢子は急いで言った。「お願いが」

「何だ」

「この前の〈夜行列車〉のときにも一度お願いしたんですけど、『カット』の声をかけるのが少し早過ぎて……。あと二、三秒待ってもらえませんか」

「そうか。そういえば、いつかそう言ってたっけな」

「ええ。余れば切ればいいんですけど、足らないと、どうしようも――」

「分った。つい、芝居の切りのいいところで『カット』をかけたくなっちまうんだ」

「お気持は分りますけど、編集のとき、困らないように……」

「憶えとくよ」

すぐ忘れるんでしょ、と言いたいのを我慢する。

カメラが回って、そのカットの芝居が終っても、すぐに止めてしまうと、次のカットへのつながりが悪くなることがある。長いときは切ればいいのだが、短か過ぎるとどうすることもできないのだ。

正木が先に出て行き、亜矢子はホッとして、おいしくないコーヒーをゆっくり飲み干した。

スクリプターは「女房役」と正木が言うのは間違いではない。しかし、スクリプターが気をつかうのは監督だけではないのだ。

カメラマン、照明、録音、誰もが自分の仕事に打ち込んでいて、余計なことに気を回している余裕はない。

一歩引いて、全体を冷静に眺められるのがスクリプターなのである。だから亜矢子は、若いスタッフから、

「スクリプターって、どういう仕事なんですか？」

と訊かれると、

「そうね。――学生寮とかに、よくみんなの面倒を見る寮母さんっているでしょ。あんな感じかな」

と答えることにしていた。

むろん、そんな自分の立ち位置をつかめるようになったのは、この数年のことだ。経験がものを言う仕事なのである。

食堂を出たところで、

「亜矢子さん」

と呼ばれて足を止めた。

「ああ、杉下《すぎした》さん。何か？」

「ちょっと相談が……」

何かあったな、と思った。

杉下文果《ふみか》は〈闇が泣いてる〉の男優の中では一番のスター、納谷達郎《なやたつろう》のマネージャーである。髪を短く切って、男っぽい格好《かっこう》をしていた。

亜矢子より少し年上、たぶん三十五くらいだろう。

「どうしたんですか？」

と、亜矢子は訊いた。

「午後に納谷の出番がありますね」

「ええ、たぶん三時ごろに」

「それで困ってるんです」

と、文果はちょっと周囲を気にして、「実は、スタントの安井《やすい》が来てないんですよ」

亜矢子は一瞬、その意味が分らなかった。しかし、すぐに思い当って、

「ああ……。分りました」

「ケータイにかけたりして、連絡しようとしてるんですけど、つながらないんです。あの人、割とちゃんとしてて、今まで遅れたことなかったんですけど……」

「ええ、憶えてます。真面目な人ですよね」

「そうなんです。事故にでもあったのかと思って、心配してるんですけど」

と、文果は言って、「いえ、もちろん、撮影に支障が出るのが……」

「そうですね。三時には撮らないと。よそのセットを借りてるんで、待てないんですよ」

「連絡してみますけど、もし……」

「監督と相談しときます」

「すみません。よろしく」

杉下文果はせかせかと行ってしまった。

納谷達郎は今ＴＶシリーズの主役などもつとめるスターである。もっとも、映画はまだこれが三本目で、正木から見れば「新米」なのだ。

安井はスタントマンで、今度の〈闇が泣いてる〉の中で、納谷のアクションシーンの危険なカットを代役としてつとめている。

今の映画は、ＤＶＤなどになって、くり返し見られると思わなくてはならないので、ひと目で別人と分るようでは代役はつとまらない。その点、安井は背丈《せたけ》や体つきが納谷とそっくりで、同じ衣裳、ヘアスタイルにしておけば、動きの速いカットならまず見分けられない。

また納谷が、ＴＶで刑事役などやっているくせに、およそ運動神経が鈍くて、危険なアクションは絶対にやりたがらない。

ＴＶドラマの収録でも、安井はしばしば納谷のスタントをつとめて重宝されていた。

安井もその点はよく分っているはずで、遅刻するというのは妙だ。いや、ぎりぎりになっても、駆けつけてくれればいいのだが……。

亜矢子はスタジオの方へと戻って行った。

安井のことは心配だが、まあ撮影現場とは毎日毎日、もっと大きな問題が、次から次へと起る所なのだから……。

2 来訪者

「来てないだと？　どういうことなんだ！」

正木の怒声が響き渡った。

「すみません」

と、納谷のマネージャー、杉下文果が頭を下げる。

「謝られたってしょうがないだろう。どうするんだ？」

正木は不機嫌そのものの顔。

亜矢子は、正木のそばで、ため息をついた。

杉下文果に頼まれて、ちゃんと正木には話してあるのだ。正木も、大して気にしない様子で、

「何とかなるだろ。そのとき考えよう」

と言っていた。

それなのに、安井が来ていないことを、今初めて聞いたかのように怒っているのは、苛々《いらいら》のはけ口なのである。

午後の撮影で、水原アリサと話をする年寄り役のベテラン役者が、何度もセリフを間違えて、撮り直しをくり返した。

アリサはいやな顔ひとつせずに同じシーンをくり返したのだが、正木の方が切れる寸前になっていた。亜矢子にはそれがよく分ったので、

「アップを先に撮っておいては？」

と、正木に言った。

二人の手もとのアップを先に撮ってから、もう一度本番にしたら、スンナリと行った。――セットにホッとした空気が流れた。

ところが、次のカットで、安井が来ていないというので、正木はたまった苛々を文果へ叩きつけたのだった。

「そうだな」

と、正木は肩をすくめて、「こうなったら、納谷君が自分でやるしかないだろ」

文果が啞然《あぜん》として、

「でも……」

と言いかけるのを無視して、正木は立ち上ると、

「よし、移動するぞ」

と、声をかけた。

亜矢子は情ない顔の文果の方へ、ちょっと肯いて見せてから、正木の後を追った。

次のカットは、二階のベランダから納谷が地面に飛び下りるところだ。このカットだけのために二階のセットは組めないので、たまたま隣のスタジオで撮っていた他の作品の二階建のセットを拝借することにしていた。

「時間がないんだ。急げよ！」

と、正木が怒鳴った。

ベランダの下には分厚いマットレスが何枚も重ねて置かれた。

亜矢子もさすがに困ってしまった。

納谷には、とても飛び下りる度胸はないだろう。といって、急に代役ができる人間は見付からない。

正木は、ほとんど当てつけのように、

「よし、カメラはそこでいい。飛び下りるところをしっかり撮れよ」

などと指示している。

「――監督」

やって来たのは当の納谷達郎である。

「やあ、決心がついたか」

と、正木は言った。

「決心ですか？　ええ、つきましたよ。絶対にやらない、って決心がね」

と、納谷は言い返した。

「そうか。じゃ、どうする？」

と、正木は腕組みして、納谷と向き合った。

「どうする、って。――それはそちらが考えることでしょ。僕は知りませんよ。あんな所から飛び下りて、足でも捻挫《ねんざ》したり、いや、骨折したらどうするんです？　映画の撮影だって止っちゃうでしょ」

納谷は精一杯、正木に抵抗してみせた。

「こちらの仕事だと言うのか？」

正木が怒鳴り出しそうになった。文果があわてて駆けて来て、

「すみません！　他のスタントを捜しますから、このカット、他の日にして下さい。お金は何とか……」

「そうはいかないんだ。このセットは今だけ借りてる。それに明日の午後には取り壊すんだ」

亜矢子は、正木の後ろに立っていたが、

「監督」

と、そっと言った。「他のベランダを捜しましょう。ロケでも、本職のスタントマンならやれますよ」

「亜矢子。お前だって分ってるだろ。このカットを撮らないと——」

「ええ、分ってます。でも、納谷さんじゃ、無理ですよ」

「全く……」

正木は納谷の方へわざとらしく背を向けて、「今の役者は楽することばっかり考えてやがる」

納谷も聞こえていないふりをしている。いい勝負だ。

「おい……」

と、正木がじっと亜矢子を眺めている。

「——何ですか？」

「お前、髪を切ったら、納谷に見えないか？」

さすがに亜矢子も頭に来た。

「それって、いくら何でも……。私、女なんですよ！　男に見えっこないじゃありませんか！」

亜矢子の剣幕に、

「分ってる。冗談だ」

いや、どう見ても本気だった！

亜矢子はむくれて、スタジオの入口の方へ向いた。すると……。

何だかおずおずと中へ入って来た男がいる。三十前後か。見たことのない顔だが……。

「監督――」

「何だ？」

「ちょっと待ってて下さい」

亜矢子は、スタジオの中を珍しげにキョロキョロ見ているその男の方へ駆けて行くと、

「あの――すみません！」

「は？」

「今、時間あります？　アルバイト、しませんか」

「アルバイト？」

「三十分もあれば済みます。その割にはお金になりますよ」

その男、背丈も体型も、納谷とよく似ていたのである。たまたまここへやって来たのは天の助け！

「ね、こっちこっち」

亜矢子が男を引張《ひっぱ》って行く。「監督！　この人、どうですか？」

正木は少し離れて眺めると、

「うん、使えるかもしれん。髪型もそっくりだな」

「ね？　――あなた、運動神経は？」

「僕？　まあ、普通ですけど……」

「あのベランダから飛び下りてくれません？」

亜矢子が指さすと、男はわけが分らないようで（当り前だが）、

「飛び下りる？」

「今説明します！　ね、一緒に来て」

亜矢子は、男の腕をしっかりつかんで、「衣裳、用意して！　メイクさん！」

もう、誰にも止められそうになかったのである……。

「用意！　スタート！」

正木の声が響く。

カチンコが鳴って、カメラが回った。

「はい、行って！」

助監督が声をかけると、納谷と同じ服装の「素人《しろうと》スタントマン」が、ベランダの手すりに片足をかけ、宙へと飛んだ。

正木の傍で見ていた亜矢子は一瞬、息が止るかと思った。あの勢いで飛んだら、下に置いてあるマットレスの外へ落ちてしまうのでは、と思ったのだ。

しかし――計算していたのかどうか、男はマットレスの端《はし》、ぎりぎりの所へ無事着地した。

やった！　亜矢子は安堵して正木を見た。

正木が仰天したように目を見開いている。

「監督」

と、亜矢子がつつくと、正木はハッと我に返ったようで、

「あ、そうか。カット！　ＯＫ！」

亜矢子はストップウオッチを止めた。

一発ＯＫだ。こんなことはめったにない。

スタジオの中に期せずして拍手《はくしゅ》が起った。

飛び下りた男は、息も乱さずやって来ると、

「あんなもんで良かったんですか？」

と訊いた。

「すばらしい！　君、本職のスタントマンにならないか？」

と、正木が男の肩を叩く。

「監督、無茶言わないで下さい」

と、亜矢子が苦笑して、「いきなり頼んでやってもらったんですよ」

「ともかく良かった！　おい、撤収だ！」

元のスタジオへ戻らなくてはならない。

「ありがとうございました」

と、亜矢子はその男へ礼を言って、「スタントの手当を出しますから、連絡先を
――」

と言いかけると、

「いや、それは受け取れないんです」

「え？」

「公務員なんでね」

「公務員？　――あなた、どういう方なんですか？」

と、亜矢子が訊くと、男はちょっと照れたように、

「実は――警視庁捜査一課の者なんです」

と言った。

「は？」

亜矢子は目を一杯に見開いて、「じゃ……刑事さん？」

「ええ、まあ」

「失礼しました！」

どう言っていいものか、亜矢子は青くなったり赤くなったりした。

「いや、面白い経験でしたよ」

と、その刑事は笑って、「ところで、この人を知りませんか？」

上着のポケットから取り出した写真には、倒れている男の顔が写っていた。

「これ……安井さんだわ」

と、亜矢子は言って、「この人……死んでるんですか?」

「殺されたんです」

と、刑事は言った。「で、どういう人なんですか?」


「じゃ、僕が代りをつとめたのが、この——安井さん」

と、元の服装に戻った刑事は言った。「妙な縁ですね」

倉田亮一《くらたりよういち》というのが、刑事の名だった。

——撮影は今休み時間で、亜矢子は倉田と食堂でコーヒーを飲んでいた。

「亜矢子さん」

と、やって来たのは、杉下文果である。「安井さんが殺されたって本当?」

「そのようですよ」

亜矢子は文果を紹介した。

「安井さんとは、仕事でよく会っていましたが、プライベートなことは知りません」

倉田は、安井のケータイ番号や自宅の電話番号を聞いてメモした。

「住所は、経理に訊けば、所属プロの方で分るはずです」

「ありがとう。——何しろ、ポケットにも何も入っていなくてね」

と、倉田が言った。「死体の下に、メモ用紙が落ちていて、この撮影所の名前と、〈午後三時〉とだけ書かれていたんです。あ、それから〈ステージ5〉と」

「それであそこへ来られたんですね」

と、亜矢子は冷汗を拭って、「とんでもないことをさせてしまって……」

「いや、僕が引き受けたんですから」

と、倉田は微笑《ほほえ》んだ。「あなたは、ええと……これ、何と読むんですか？」

「〈東風《こち》〉です。〈東風吹かば匂ひおこせよ梅の花〉って歌があるでしょ」

「歌ですか？」

と、倉田は首をかしげて、「——昭和歌謡ですかね」

亜矢子はちょっと詰《つま》ったが、

「——もう少し古いんですけど。ま、どうでもいいです。〈あっちこっち〉の〈こっち〉だと思って下さい」

「分りました」

「でも……どうして安井さんが？」

と、文果はショックから立ち直れていない表情である。

「どこで殺されたんですか?」

と、亜矢子は訊いた。

「ホテルSです。その中の最高級のスイートルーム」

「ホテルSって……一流ですよね」

亜矢子など、ほとんど行ったこともない。

「ええ。そのスイートルーム。一泊三十万だそうです」

「三十……」

亜矢子は絶句した。

「安井さんが借りたそうですが」

「そんなぜいたくのできる人では……」

と、文果が言った。

「そうでしょうね。安井さんは現金で支払いしたそうです。そんなスイートルームに泊る人は、まずカードか、ビジネス用なら後で請求する形でしょう」

「あの人は……」

と、文果は言った。「恨まれるような人じゃなかったけど」

亜矢子は、チラッと文果を見た。プライベートを全く知らなければ、こんな言葉は出ないだろう。

「怪しい人物を見たという証言は今のところありません」

「安井さんは——どうやって、その……」

と、亜矢子が口ごもる。

「ナイフです。胸を一突きで。ほとんど即死でしょう」

倉田の言葉を聞いて、文果は、

「じゃあ、あんまり苦しまなかったんですね」

と呟《つぶや》くように言うと、「あの——ちょっと仕事が」

と、席を立って行ってしまった。

「かなりショックだったようですね」

と、倉田は言った。

「それはそうですよ。直接知ってた人が殺されるなんて、そうあることじゃないですし」

「まあ確かに」

と、倉田は肯いて、「じゃあ……東風さんも、安井さんのことは……」

「休み時間に雑談くらいはしたことありますけど。——そうだわ。奥さんと子供さんがいたんじゃないかしら。子供さんが運動会で、とか言っていたことがあります」

「そうですか。知らせなきゃいけませんね。いやな役目ですが」

倉田は手帳を閉じて、「ところで、東風さんは……」

「言いにくいでしょ。〈亜矢子〉で結構です。みんなそう呼びますから」

「分りました。亜矢子さんは何のお仕事をしてるんですか?」

「私、スクリプターです」

それを聞いて、倉田はちょっとびっくりしたように目を見開いたが——。

「スク……?」

「スクリプター」

と、亜矢子はゆっくりと発音して、「あのね、刑事さん。今、私のこと『ストリッパー』だと思ったでしょ」

「え? いや、とんでもない!」

「分るんです。時々、そう聞こえる人がいるんで。今の顔は明らかに」

「いや……もちろん、まさかとは……」

早口に言うと、確かに「ストリッパー」と聞こえないこともない。

「そういうことばっかり考えてると、そう聞こえるんですよ」

「そういじめないで下さい。あなたがお美しいんで、つい……」

亜矢子はちょっと笑ってしまった。

「こんなときに笑っちゃいけませんね。安井さんの連絡先、私、一緒に行って調べましょうか」

「それはありがたい」

倉田は汗をかいていた。

二人が事務棟の方へ歩いて行くと、もう辺りは暗くなり始めていた。

「で……スクリプターって、何するんですか？」

と、倉田は言った。

3　撮休

部屋の中に人の気配があった。

亜矢子は低い声で呻《うめ》いた。目を開けるのも面倒くさい。

「誰？」

と言ったつもりだったが、

「何よ、『ウワー』って？」

と言われて、

「『ウワー』じゃないでしょ……びっくりしていた。「――お母さん？」

と言い返しながら、びっくりしていた。「――お母さん？」

「だったらどうだっていうの？」

腰に手を当てて、偉そうに亜矢子を見下ろしているのは、確かに母親の東風茜《あかね》だった。

「え……。びっくりした！　お化けじゃないよね」

と、やっとこ体を少し起す。

「こんな存在感のあるお化けがいる？」

「言えてる」

亜矢子は起き上って大欠伸《あくび》した。

「全く……。何度言ったら分るの。玄関のドア、ちゃんとチェーンをかけなさい。鍵だけ開けたら入れちゃったわよ」

「面倒くさくて……」

と、亜矢子は目をこすって、「ああ……。今何時？」

「もう三時過ぎよ」

「――午後だよね」

「当り前でしょ。カーテン、開けるわよ。またじきに暗くなっちゃう」

「待ってよ！　こんな格好で……。表から見える」

と、ベッドから這い出すと、母の茜は、

「あんた、パジャマの下の方は？」

「え？　――あ、はくの忘れた」

亜矢子はあわてて、「シャワー浴びて来る！」

と、バスルームへと駆けて行った。

裸になってシャワーを浴びる。少し熱めのシャワーで目を覚ますのである。

「ああ、びっくりした……」

母、東風茜は福岡《ふくおか》にオフィスを構えている実業家である。堂々たる――ということは要するに太っているのだが――体つきで、声も大きく、迫力がある。

仕事でちょくちょく東京へ来ていることは亜矢子も知っているが、めったに会う機会はない。

亜矢子はシャワーを止めると、バスタオルで体を拭《ふ》いて、鏡を見た。

三十二歳にふさわしく、しっかり太めの脚と、肉のついた腰まわり。でも——結構魅力的な体と自負している。童顔なので二十代に見られるのは、水原アリサに言われた通り。

今日は「撮休」。つまり撮影がお休みの日である。

ゆうべは夜中の二時まで正木に付合って飲んだので、いささか頭が痛い。むろん正木と二人ではなく、他のスタッフも何人か一緒だった。

Tシャツ、ジーンズという格好でベッドの方へ戻ると、茜がケータイで話していた。

「はあ、さようですか。——ええ、私、母でして」

亜矢子のケータイではないか！

「お母さん！　勝手に出ないで！」

あわてて引ったくると、「もしもし！」

「噂に聞くお母さんか」

正木だった。

「すみません。ちょうど起きたところで」

「亜矢子。悪いがな、今日、お通夜に行ってくれないか」

「は？　――ああ、安井さんのですね」

「うん。俺はちょっと頭痛がする。風邪でも引くと困るからな」

「分りました。行くつもりだったので」

「そうか。よろしく頼む。香典、代りに出しといてくれ」

「分りました」

通話を切ると、「ファックス、ファックスと……」

ゆうべ、殺された安井正夫《まさお》のお通夜、告別式のお知らせがファックスで届いていたはずだ。

「あれ？　ええと、確かに……」

その辺に落ちていないかと見回していると、

「これ？」

茜が手にした紙をヒラヒラと振って見せる。

「そう！　良かった。捨ててなかった」

しかし、茜はふしぎそうに、

「その人、どういう人？」

と訊いた。

「スタントマンなの。役者の代りに危いシーンをやったり……。殺されちゃったのよ」

「まあ」

「どうかした？」

茜はちょっと首をかしげて、

「私もそのお通夜に出るんで東京に来たのよ」

と言った。

亜矢子はびっくりした。

スタントマンのお通夜に、どうして実業家の母がわざわざ九州からやって来るのか。

しかし、ともかく目が覚めた亜矢子は、お腹が空《す》いていて、

「お母さん、何かおごって！」

と、茜にねだった。

「分ったわよ。でも、その格好じゃ……」

仕方ない。実業家として、多少名も知られ、成功している東風茜は、一応一流ホテル辺りでしか食事しないのだ。

亜矢子はスーツに着替えて、茜と一緒に出かけることになった。

「——お通夜、七時からね」

と、ホテルで食事しながら亜矢子は言った。「一旦戻って、黒のワンピースに着替えても間に合うわ」

「あんた、もう三十二でしょ。ちゃんとスーツにしなさい」

と、茜は言った。

「持ってない」

「全く……」

「あ、黒のワンピース、夏用だ。寒いかしら」

「しょうのない子ね」

と、茜は苦笑して、「食べ終ったら、近くのデパートに行きましょ。その場で体に合うスーツを選べばいいわ。フォーマルウェアはすぐ何とかしてくれるわよ」

「無茶言ってる」

と言いながら、それでも母が買ってくれるのなら儲《もう》けもの、というのが亜矢子の思いだった。

「——でも、お母さん、どうして安井さんのお通夜に？」

と、亜矢子は食後のコーヒーになってから訊いた。

「その安井正夫って人じゃなくて、奥さんの方よ」

「奥さん？　――ええと、〈真衣《まい》〉って人？」

と、ファックスを見て言った。

「奥さんの実家はね、九州でも有数の資産家なの」

「へえ」

「大和田広吉《おおわだひろきち》さんといってね。大手のスーパーのチェーンを持ってる。取引先なのよ、私の」

「大和田っていうんだ」

「で、頼まれて来たの。大和田さんにね」

「何を？」

「娘さんを連れて帰ってくれ、って」

と、茜は言った。「さ、早くデパートに行きましょ」

「これからお通夜に出るんですからね！」

強引さも、茜ぐらいの迫力で言うと通ってしまう。

亜矢子に合う黒のフォーマルスーツは、ほんの十分ほどの間に袖丈《そでたけ》やウエストを調整して仕上った。

亜矢子は、自分の分と、正木監督の分と、香典の袋を二つ買って、その場で名前を書き、かつお金を入れ――その分は、茜の札入れから出た――安井正夫の通夜へと向ったのだった。

「――大和田さんって人、自分じゃ来ないの？」

と、亜矢子は車の中で訊いた。

茜の雇ったハイヤーである。

「要するに、親は結婚を許さなかったのよ」

と、茜は言った。「何しろ、そのとき、娘の真衣さんは二十歳だったんだから」

「そんなに若かったんだ」

「駆け落ち同然で二人は東京へ。――大和田さんは激怒して、『二度と家の敷居《しきい》はまたがせん！』と宣言したわけ」

「それで、安井さんのお葬式にも出ないってわけね」

「私に真衣さんを連れ帰ってくれと頼んで来たの。確か、七つの女の子がいるはずよ。沙也《さや》ちゃんとかいう」

「調べてんだ」

「暮しは楽じゃなかったようね。でも――まあ、ご主人は死んじゃったわけだし」

亜矢子はちょっと気になって、

「大和田さんは、その沙也ちゃんって子も引き取るつもり？」

「そりゃそうでしょ。一応孫ですものね。放り出すわけにもいかないし」

亜矢子は首を振って、

「安井さんって、真面目で、仕事にプロの誇りを持ったスタントマンだったわ」

と言った。「映画の世界は、って言ってももちろん色々だけど、相当にいい加減な、要領がいいだけでうまく世渡りしてる連中も大勢いるの。そんな中で、安井さんは本当に珍しいくらいスタントの仕事にプライドを持ってた……」

「稼ぎは良かった？」

「知らないわ。訊いたことない」

今、ＣＧ（コンピューターグラフィックス）などの技術の発達で、人間が生身の体で危険なアクションなどに挑むことは少なくなっている。当然、スタントの仕事も減っているということだ。

ただ、ＣＧはお金と時間がかかるので、そんな予算や余裕のない現場では人間がスタントをやった方が安く上るのだ。

「安井さんって、いくつだったの？」

と、茜が訊く。

「さあ……。正確には知らないけど、三十四、五じゃない？」

と、亜矢子は言った。

「もちろん、真面目な人だったんだろうけど、でも殺されたんでしょ。それも高級ホテルのスイートルームで刺されたって聞いたわ」

「そうらしいわ。私も詳しいことは知らないけど」

と、亜矢子は言った。「お母さん。――何か言いたいわけ？」

「何か、って？」

「別に。――何でもない」

安井が、およそ似つかわしくないスイートルームで殺されたことで、そこに「女」の存在があったのではないかという考えは当然起るだろう。

でも、そんなの正《まさ》に週刊誌かワイドショーの発想だ。亜矢子は、安井があくまでスタントのプロでいたと信じたかった。

「その正木さんって、監督さんなの？」

と、茜が香典の名前を見ていて訊いた。

「うん。今私がついてる監督。ここんとこ、正木さんはずっと私をご指名」

「正木ねえ……。知らない名だわ」

と、茜は首をかしげて、「いくつぐらいの人？」

「四十五かな。どうして？」

「何か特別の仲なのかと思って」

亜矢子は目を丸くして、

「やめてよ！　スクリプターがいちいち監督と恋に落ちたらやってけないよ」

「そういうもんなの？」

と、茜はアッサリと、「だって、あんたもう三十二でしょ」

「今のところ仕事が面白くて、男に関心ないの」

「困ったもんね。お見合をセットしたから、帰って来るかと思ったのに」

「当分無理」

と、亜矢子は言った。

「でも、正木さんって、あんたに香典を持ってかせるぐらいだから……」

「監督はね、気が弱いの」

「どういうこと？」

「傷つきやすい、って言うのかな。一緒に仕事してる人が亡くなったりすると、凄《すご》く落ち込むのよ。それを他人に見られたくないから、私に代りを頼むの」

「面倒くさい人ね」

茜の言い方に、亜矢子は笑って、

「確かにね。でも、どんなに面倒くさくても、いい映画を撮れば、すべて許されるの」

「そんなものかね……」

茜はまるで分っていなかった。

お通夜の受付で、茜はさっさと記帳して、中へ入って行った。

亜矢子は記帳して二人分の香典を置いた。

「あ、亜矢子さん……」

納谷のマネージャー、杉下文果がやって来た。

「ああ。——納谷さんは？」

「来ませんよ」

と、文果はちょっと投げやりな口調で言った。

「そう。――でも、あれだけスタントやってもらったんだから、来てもいいのにね」

「そういう人じゃないんです」

文果は記帳して、亜矢子と一緒に中へ入りながら、「当人は、スキャンダルに係《かかわ》るのが怖いって言って……」

「スキャンダルって……。安井さんは殺された側なのにね」

「言ってもむだですから」

文果はかなり腹を立てている様子だった。

撮休の日ということもあるだろうが、今の映画のスタッフがずいぶんやって来ていた。

亜矢子を見て、ちょっと会釈して見せる。

母、茜はずっと前の方に座っていた。亜矢子は並んで座る気になれず、文果と一緒に後ろの方の席にかけた。

正面に、愉《たの》しげに笑っている安井の写真がある。

そして、亜矢子は安井の妻を初めて見た。

真衣といったか。――たぶん、まだ二十代のはずだ。

色白で、疲れた様子ではあるが、きりっとした表情は崩していなかった。

「きれいな人ですね」

と、亜矢子はそっと言った。

「ええ。――安井さん、そりゃあ大事にしてました」

文果の声は、少し涙ぐんで聞こえた。

真衣の隣に、女の子がちょこんと座っていた。確か――沙也といった。

七歳ということだったから、小学校の一年生というところか。もう、父親が死んだということは分っているだろう。

おとなしく、可愛《かわい》いワンピースで、なき父の写真を見上げている。

亜矢子は、後から入って来た男性を見て、ちょっと驚いた。――倉田刑事だったのである。

少し離れた席について、倉田は亜矢子に気付いて会釈した。

「――あの人、刑事さんですね」

と、文果が言った。

「ええ。こういう席に刑事が来るものなんですね」

と、亜矢子は小声で言った。

焼香が始まる。——むろん、最初は妻の安井真衣。

幼《おさな》い沙也の手を引いて、遺影の前に進み出る。

しかし、母、茜から聞かされた事情のせいか、真衣と沙也の他には親族は一人も出席していなかった。

「では、皆様、ご焼香を……」

と言われて、真先に立って行ったのは、何と茜だった。

亜矢子は恥ずかしくて目をそらしていた。

「どなたかしら、あの方？」

と、文果に訊かれ、

「さあ……」

と、とぼけて見せたものの、つい気になって見ていると、茜は真衣の前で足を止め、手紙らしいものを手渡した。真衣はむろん茜のことなど知らないはずで、当惑している様子なのも当然だろう。

同じスタントマン仲間らしい男たちも数人来ていて、亜矢子も見覚えがあった。

亜矢子は、肩を軽く叩く男を見上げると、

「あ、市原《いちはら》さん」

市原靖之《やすゆき》は今の映画〈闇が泣いてる〉の撮影監督である。ちょうど五十くらいの、脂《あぶら》ののり切ったカメラマン。正木も、市原が空いていれば必ず頼んでいる。

「安井さんも喜びます」

と、文果が言った。

スターならともかく、スタントマンの通夜に、カメラマンまでやって来るのは、やはり珍しいだろう。

「本田《ほんだ》も来るよ」

「そうですか」

本田亮《りょう》は照明のベテラン。市原といつも組んで仕事をしている。

現場スタッフが、安井のことを好いていたのがよく分る。――亜矢子も嬉しかった。

4　抵抗

焼香をすませると、亜矢子は真衣と沙也の前に進み出て、

「この度は――」

と言いかけたが、

「亜矢子さんですね、スクリプターの」

と、真衣に言われた。

「はい、そうです」

「主人がとてもお世話になって」

「いえ、とんでもない。安井さんがすばらしいスタントマンだったからです。今夜も大勢スタッフの人たちが……」

真衣には分らないだろう、と思って、亜矢子はカメラマンの市原や照明の本田を始め、主だったスタッフを紹介した。

「まあ、お忙しいのに……」

真衣が涙ぐみながら礼を言った。

「では、奥さん、何かあればいつでも――」

と、亜矢子が言いかけると、

「すみません、亜矢子さん」

「え？」

「少し残っていて下さいませんか」

と、真衣が小声で言った。

「――分りました」

そう言うしかない。

少し後に倉田刑事が焼香して、

「倉田です」

と、真衣に挨拶《あいさつ》した。

「わざわざ恐れ入ります」

真衣は、静かに頭を下げたが……。

入口の方が少し騒がしくなって、亜矢子が目をやると、

「まあ。――水原アリサさんだわ」

真衣もびっくりしたようで、

「あの女優の……」

「ええ。今の映画の主演女優です」

地味なイメージはあるものの、やはりこうして見るとスターである。居合せた人たちは一人残らず彼女を見ていた。

焼香の順番を待っていたスタッフの一人が、水原アリサに先を譲ろうとしたが、ア

リサは小さく首を振って、そのまま後ろについた。

その謙虚さが、いかにもアリサらしく、感じが良かった。

そして、焼香を終えると、アリサは真衣の方へやって来て、

「水原です。ご主人の誠実なお仕事を、いつも拝見して感激していました」

と言った。

「まあ……。もしそれを聞いたら、主人はさぞ自慢したでしょう」

と、真衣は言った。

「亜矢子さん、監督が……」

と、アリサが言いかけた。

「はい。ちゃんとおっしゃった通りにしました」

「ありがとう」

アリサも、おそらく正木に言われてやって来たのだろう、と亜矢子は思った。

アリサは、

「では私はこれで」

「わざわざ恐れ入ります」

行きかけたアリサは、ちょっと振り向いて、

「沙也ちゃん、でしたね」

「はい」

「可愛いわね。——じゃ、失礼します」

アリサは、他のスタッフにも会釈して、会場から出て行った。

倉田刑事はアリサを見送って、

「やっぱり美人ですね」

「倉田さん、どうしてここに?」

亜矢子に訊かれて、倉田はちょっとあわてたように、

「いえ、捜査の状況について、お話しするべきかと思いまして……」

「何か分ったんでしょうか」

と、真衣が訊いた。

「それがまだ……。実は、あのホテルにご主人が行かれたことについて、何かお心当りがないか、伺いたかったんです」

「そのことは、前にも申し上げました」

真衣は厳しい口調になって、「私には全く思い当ることはありません」

「確かに、前にそう伺っているんですが……。その後、何か思い付かれたことがない

かと……」

「思い付くことがあれば、ご連絡しています」

「はあ……」

「ご焼香においでいただいたことは感謝しています。でも、次においでになるときは、犯人を逮捕したと報告して下さい」

真衣の手厳しい言葉に、倉田は一言もない様子で、早々に引き上げて行った。

——通夜が終って、亜矢子は真衣たちを斎場のロビーで待っていた。

「亜矢子」

と、声をかけて来たのは、母、茜である。

「待ってたの?」

「真衣さんと話をしなくちゃね」

と、茜は言った。「あんたはどうして?」

「分らないわ。頼まれたの、残ってくれって」

真衣が沙也の手を引いてやって来た。

「お待たせして……」

と、真衣は言って、亜矢子と茜を戸惑ったように眺めた。

「あの……母です、これ」

と、亜矢子は言った……。

「それで父の手紙を」

と、真衣は言った。「わざわざすみませんでした」

「いいえ。それで、あなたのご返事は？」

と、茜が訊いた。

沙也が疲れて眠そうなので、茜の提案で、近くのホテルへ行った。

茜が、「経費ですから」と借りた部屋に沙也を寝かせて、真衣と亜矢子、茜の三人はラウンジで話をすることになった。

「お断りします」

真衣は即座に言った。「帰る気はないと父にお伝え下さい」

「お気持は分りますけど――」

「いいえ、お分りにはなりません」

と、真衣は遮《さえぎ》って、「結婚に反対しただけじゃなくて、父のした事は……」

と言いかけたが、何とか怒りを呑み込んで、

「ともかく、私は父を許しません。沙也と二人、何をしてでも、生きて行きます」

「でも、あなた、大変でしょう」

「今でも、私、パートの仕事を二つ、やっています」

と、真衣は言った。「あと二つ——いいえ三つでも四つでも増やして、眠る時間がなくなっても、父の力は借りません」

亜矢子は、真衣の言葉の烈《はげ》しさにびっくりした。よほどのことがあったのだろう。

茜は首を振って、

「そこまでおっしゃるんでは、とても無理ですね。分りました。お父様にはそうお伝えしましょう」

「お願いいたします」

茜は微笑んで、

「うちの娘は、何かというと私の財布をあてにして、甘えてるんですが、あなたは大したものね」

「お母さん、私がいつ……。いつも、じゃないでしょ。たまに、だわ」

真衣が微笑んで、

「主人がいつも亜矢子さんのことを話していました。この業界では珍しい誠実な人だって」

「ほらね」

と、亜矢子は母の方へ、「私は評判いいんだから」

「あんたは、小さいころから、外面《そとづら》が良かったわよ」

と、茜が言った。

「娘のことを、人前でこき下ろさないで」

と、亜矢子は言った。「それより、お母さん」

「何よ」

「真衣さんの決心の固さに感心したのなら、何かすることがあるんじゃない？」

「何か？」

「お母さんは実業家でしょ。東京にだって、事務所を持ってるじゃないの。真衣さんの仕事を見付けてあげたら？」

「亜矢子さん、そんなことまでしていただくわけにはいきません」

と、真衣が言った。「それに、父の助けを拒んでおいて、お母様にお世話になっては、父が機嫌を悪くします」

「まあ、それはいいけど……」

と、茜が言った。「うちも大変なのよ。東京の事務所は今、女の子一人置いてるだけでも赤字。これ以上はね……」

「私、自分で見付けます」

と、真衣は言った。

「じゃあ……撮影所に来たら？」

と、調子に乗って、亜矢子はつい言ってしまった。「ご主人の仕事、覗《のぞ》いたこと、あります？」

「いいえ。主人が危いことをするのを見ていたくありませんから」

それはそうだろう。

「撮影所に、何か私でできるお仕事はあるでしょうか」

と、真衣が訊いた。「実は、それをお訊きしたくて、亜矢子さんに残っていただいたんです」

「そうですね……」

と、亜矢子はすぐには返事できなかった。「訊いてみないと分りませんけど、撮影所って、何だかよく分らない仕事のあるところなんです」

「何なの、それ？」

と、茜が言った。

「だって、そうとしか言えないのよ」

「妙な所だね」

「でも、亜矢子さんのおっしゃること、何となく分ります」

と、真衣は言った。「主人からも、何かと話を聞いていますから」

「ともかく、連絡しますから」

と、亜矢子は言った。

「じゃあ……」

茜は腕時計を見ると、「そういえば、夕飯食べるの忘れてたわね」

「私は忘れてない」

「おごれって言うんでしょ」

「当り」

「私は明日がありますので」

「告別式ですね。伺えませんけど……」

「もちろん、今日おいでいただいただけで充分です」

と、真衣は言った。

「真衣さん、沙也ちゃんも、お腹空かして目が覚めるかもしれませんよ」

と、茜が言った。「ルームサービスで食事なさって。部屋へつけておけば、払わなくて大丈夫です」

「でも……」

「お願い。それぐらいのことはさせて下さいな」

茜の言葉に、真衣は深々と頭を下げて、

「今日だけ甘えさせていただきます」

と言った。

——茜は、亜矢子と二人の車の中で、

「厳しい暮しの中できたえられたんだわね」

と言った。「とてもお金持の家に育ったお嬢さんとは思えないわ」

「父親の大和田さんって、何をしたの?」

「私もよくは知らないけど、噂じゃ、安井さんが仕事につこうとするのを、色々手を回して邪魔したらしいわよ」

「ひどいわね! 真衣さんが怒るのも当り前だわ」

「ともかく、あんたも力になってあげなさい」

と、茜は言った。「私も、何かいい仕事があれば知らせるわ」

「うん」

「じゃ、私は明日帰るからね、福岡に」

「明日？　いつもせわしないわね」

と、亜矢子は苦笑した。

二人は、夜遅くまで開いている六本木《ろっぽんぎ》のレストランで食事をした。

茜は体格にふさわしく、飲み方、食べ方も豪快である。

「大丈夫？　年齢《とし》を考えて」

と、亜矢子は忠告した。

「やあ、亜矢子ちゃん」

そこへ声をかけて来たのは、何と納谷だった。

「納谷さん。――お一人ですか？」

「いいや、あの連中とね」

納谷はいい加減酔っているようだった。

安井のお通夜だった、と言ってやろうとしたが、やめておいた。

言ったところで、少しも応えまい。

納谷が戻って行ったテーブルを見て、亜矢子はちょっと首をかしげた。
五、六人のグループの中に、若い女の子が一人混《まじ》っていた。
どこかで見たことがあるような……。

思い出せないまま、亜矢子もワインを飲み干した。

母、茜の払いとなると、しっかりデザートまで食べる亜矢子だった。

化粧室に立って、戻ろうとすると、何だか少し足下《あしもと》も危い納谷達郎がやって来た。

「納谷さん」

と、亜矢子は声をかけて、「明日は撮影あるんですからね。飲み過ぎないで下さいよ」

「スクリプターさんは怖いね！」

と言って、納谷は笑った。

亜矢子は少し腹が立って、

「今日は安井さんのお通夜だったんですよ」

と言ってやった。

「うん？　――誰だ、それ？」

「もう、全く！　スタントマンの安井さんですよ。散々世話になっといて」

「ああ、あいつか」

と、納谷は肩をすくめて、「俺のおかげで大分《だいぶ》稼いだだろ」

「もう安井さんはいないんですよ。これからアクションシーンはどうするんです？」

と言い捨てて席に戻る。

「――相変らず甘いもんが好きね」

と、茜が言った。

「いいでしょ」

と言って椅子《いす》にかけたとたん、「あ、そうか」

思い出した！

亜矢子は、納谷たちのテーブルへ目をやった。

一人、混っている若い女の子のことを思い出したのである。

名前は忘れたが、オーディションにやって来ていた女の子だ。

今撮っている〈闇が泣いてる〉に、大きな役ではないが、水原アリサの妹役の高校生が出てくる。正木が、新鮮さにこだわって、

「オーディションする」

と言い出したのである。

大々的に公募するのとは違って、芸能プロダクションなどに声をかけ、女の子を集めるのだ。結局は二十人ほどがオーディションを受けに来た。

その一人が、あの女の子だ。

結局選ばれたのは、一番大手の事務所の子で、亜矢子は直接係っていなかったものの、オーディションは形だけで、予《あらかじ》め決っていたのではないかと思ったものだ。

そのオーディションの選考に、納谷も加わっていた。おそらく、そのとき、ちょっと可愛いと思って目をつけていたのだろう。

「どうかしたの？」

と、茜が訊いた。

「うん……。ちょっと……」

女の子は明らかに無理にワインなど飲まされて、真赤《まっか》になっている。納谷が新人の女の子に手を出したりするのは有名だ。

あの様子では、酔い潰れて納谷の思うままにされてしまうだろう。

といって、ここで納谷と喧嘩《けんか》になったら、仕事がやりにくい。

「――お母さん」

「何？」

「ちょっとお願いがあるんだけど」

と、亜矢子は言った。

——十五分ほどすると、女の子はもう真直《まつす》ぐ座っていられないくらい酔っていた。

納谷は同席していた他のメンバーを先に帰して、店にタクシーを呼ばせた。

すると、そこへ、

「店の責任者は？」

と、入って来たのは制服の警官だった。

「あの——何か？」

「未成年者に酒を飲ませていると通報があった」

「そんな……」

店内を見回せば、若い女の子は一人しかいない。警官が納谷のテーブルへと歩み寄って、

「その子は何歳ですか？」

と訊いた。

「え？　いや……見た目は若いけど、もう二十歳過ぎてますよ。なあ？」

納谷がそう言うと、女の子はやっと目を開けて、

「どうしたんでしょうか……」

「君、いくつ？」

警官に訊かれて、

「十七です」

と、正直に答える。

納谷も、もちろん分っていたはずだが、

「ええ？　君、二十歳だと言ってたじゃないか！　――本当に知らなかったんですよ、僕」

「ひどく酔ってるな。――少し休ませないと」

「それなら、私が」

と、茜が声をかけた。「おばさんの方が安心でしょ。ホテルに泊ってるから、ちゃんと休ませて送ってあげるわよ」

茜が名刺を出して、警官へ渡した。

「――ケータイ、持ってる？　じゃ、お家《うち》の人に電話しなさい。私が出てあげる」

納谷は渋い顔をしていたが、未成年と知って飲ませたとなれば、スキャンダルだ。

「じゃ、僕はもう帰るよ」

と、つまらなそうに店を出て行った。

「すみません……。私、いやだって言ったんだけど……」

と、女の子はフラフラになった状態で言った。

「分ってるわ。大丈夫よ。——亜矢子、この子、預かってくわよ」

「うん、お願い」

亜矢子は少しホッとして、「さすが、お母さん」

「あんた、結構やくざな世界で働いてるのね」

「だって……。どこにでもあるわよ、あんなこと」

「ま、あんたは大丈夫だろうけど」

茜に言われて、

「それって、私が可愛くないって意味？」

「酔い潰れそうにないからよ」

そう言われると、何とも言い返せない亜矢子だった。

女の子は貝原《かいばら》エリという名だと分った。自分で名のっただけで、車に乗るなりぐったりしてしまう。

「急性アルコール中毒だと怖いわ」

と、茜は言って、ドライバーに、「近くの救急病院へ!」

と命じた。

5 ロケ

映画の撮影スケジュールが難しいのは、天候に左右されるからだ。

ロケには、その場所で撮影する許可が必要な所もあり、といって、日取りを決めてもその日がどしゃ降りの雨ということだってある。

「俺は晴れ男なんだ!」

ロケ地に向う車の中で威張っているのは、監督の正木。

確かに、きれいに晴れ渡った青空が朝から広がって、正に「ロケ日和《びより》」だが、正木が雨に降られて困ったことなど珍しくない……。

監督が上機嫌なのはありがたいことなので、言わせておくことにして、

「何分ぐらいかかる?」

と、亜矢子は訊いた。

「道が空いてれば二十分かな」

ハンドルを握っているのは、チーフ助監督の葛西哲次《かさいてつじ》である。三十七、八の、ベテラン助監督で、亜矢子もよく一緒になる。

亜矢子は車の助手席に座っていた。

後ろの席には、正木と水原アリサ。

納谷は自分の車で来る。他のスタッフは、機材を積んだロケバスである。

「監督」

と、水原アリサが言った。「亜矢子さんに、ゆうべのお香典、立て替えてもらってるんでしょ」

「うん？　――あ、そうか」

過ぎたことは忘れる。――監督は、そうでなくてはつとまらない。

「ちゃんと請求しますから大丈夫です」

と、亜矢子は言った。

「そうしてくれ。――行けなくて悪かったかな」

正木はそう言って、「俺はどうも苦手なんだ、湿っぽいのが」

「分ってます」

と、亜矢子は言った。「今日のシーン、組み立て、できてるんですか？」

正木の頭を撮影の方へ引き戻さなくてはならない。

「行ってみないとな」

と、正木は言った。「現場次第だ」

スタジオなら、予めカット割りも決めておけるが、ロケでは色々思いがけないことも起る。

もちろん、前もって、スタッフが現場を下見に行ってはいるのだが、実際の役者の動きなどは、その場で決めることが多い。

「ロケが三日遅れてます」

と、亜矢子は言った。「できれば今日、少しでもカットを」

「ああ、分ってる。納谷の出来《でき》しだいだな」

ゆうべの飲み方を見ている亜矢子としては、少々不安だったが、納谷だって主役をつとめるスターだ。二日酔《ふつかよい》で芝居ができないということはないだろう……。

正木がアリサにやさしく言葉をかけているのを、亜矢子は聞くともなく聞いていた。

その内、ついウトウトしていたが……。

車が停《とま》って、目を覚ました。

「着いたの？」

と、葛西へ訊く。

「うん……。だけど……」

葛西が呆然《ぼうぜん》としている。「監督――」

「どうした？」

アリサとの話に夢中になっていた正木が訊く。

「ここですが……」

亜矢子は助手席から降りると、

「え？　どうなってるの？」

と、思わず言った。

そこはシナリオでは「人里離れた山奥」ということになっている。

本当の「山奥」までは行ってられないし、その必要もないので、住宅地の外れに残っている雑木林を山奥と見たてて撮ることになっている。

ロケハンに、亜矢子も付合ったが、ここはちょっとした谷間のようになった場所で、いかにも山奥の雰囲気があって、正木も気に入っていたのだ。

それが……。

「おい、どうなってるんだ?」

と、ロケバスから降りてやって来たのは、カメラマンの市原。

「こんなことになってるなんて……」

と、亜矢子は言った。「監督!」

正木が車を降りて来た。

「おい……。何だ、これは!」

雑木林は確かにあった。しかし、その向うに、建設現場の足場が組まれ、鉄骨が木々の間から突き出ている。

ゴーッと音がして、振り向くと、巨大なダンプカーが三台も連らなって走って来た。

そして、ロケバスで道がふさがれているので、トラックが停ると、

「馬鹿野郎! どこに停めてやがるんだ!」

と、運転手が怒鳴った。「さっさと車をどけろ!」

あわててロケバスが道の端へ寄せると、トラックは地響きをたてて走り抜けて行った。

「この先を回って、あの工事現場へ行くんだな」

と、葛西が言った。「参ったな！」

「これじゃ、絵にならんじゃないか！」

と、正木は顔を真赤にして、「あんなもんどかせろ！」

「監督……。無理ですよ」

と、亜矢子は言った。

雑木林の向うの土地で工事が始まるなどと分るわけがない。正木は、

「どうして調べておかないんだ！」

と、葛西に八《や》つ当《あた》りしている。

「カメラ位置を工夫して、工事現場が画面に入らないようにしましょう」

と、市原が言った。「ただ、そうなると日差しが……」

「こっちから撮らんと、山奥の感じがしないだろう」

と、正木が首を振って、「しかも工事の音が入る」

「同録《どうろく》は無理ですよ」

と、亜矢子は言った。「それと、トラックです」

「トラックか……」

「今みたいなダンプカーが、たぶん何台も通りますよ。その都度《つど》、カメラを止めない

と」

「埃《ほこり》も舞い上るしな」

と、市原は腕組みして、「他を捜さないと……」

「今日一日、むだにしろって言うのか?」

正木はこれ以上ないほど渋い顔をしていたが、どうしようもないことは分ってい
る。

「せっかくいいお天気なのに」

と、亜矢子は青空を見上げた。

ケータイが鳴って、亜矢子が出てみると、

「俺だ。納谷だよ」

「あ……。どうしたんですか?」

「うん……。今、もうロケの現場だろ」

「ええ……。納谷さん、どこですか、今?」

「それが……ゆうべ、ちょっと飲み過ぎてさ。頭がガンガン痛くて。起きるのがやっ
となんだ」

「そんな……。杉下さんは?」

「ずっとマンションの下で待ってる。な、亜矢子ちゃん、君、監督に気に入られてるだろ。何とか監督にうまく言って、今日の俺の分、他の日に回してもらってくれ。頼むよ」

亜矢子はしばし言葉がなかった。

もちろん、今日のロケが中止と分れば納谷は大喜びだろう。しかし、亜矢子としては、納谷を喜ばせたくなかった。

「納谷さん。あなたプロの役者さんでしょう？　ゆうべ言ったじゃないですか、私があれほど」

「分ってる。しかし人間だから体調の悪いときだって……」

「二日酔と病気は違いますよ」

「そりゃまあ……」

「分りました」

と、亜矢子は息をついて、「監督、今ちょっとここを離れてますけど、話しておきます」

「すまん！　恩に着るよ」

亜矢子は笑いそうになるのをこらえて、

「それより、二度とこんなことのないようにお願いしますよ」

「分ってる！　ありがとう！」

亜矢子は通話が切れると、マネージャーの杉下文果へかけた。

「――亜矢子さん」

「文果さん。もう納谷さんのこと、待ってなくていいわよ」

「え？」

事情を聞いて、文果は笑い出した。

「――いい薬になります。亜矢子さん、ありがとう」

「どういたしまして」

むろん、後でロケの中止を聞いて納谷は怒るかもしれないが、構やしない。

あの新人の女の子に酒を飲ませたことも亜矢子は知っている。納谷だって大きな顔はできないだろう。

「しょうがない、引き上げよう」

と、正木が言った。「これじゃ撮れない」

そして、亜矢子へ、

「おい、亜矢子――」

「分ってます。葛西さんと相談しときますよ」

ロケが一日流れてしまうのは痛いが、スケジュールが押して来るのはいつものことだ。

ただ、この場所が使えないとなると、他のロケ地を見付けなくてはならない。

そう都合よく別の場所が見付かるとは限らないのだ。葛西と話して、急いでロケハンしなければ……。

帰りは、亜矢子もロケバスに乗って帰ることにした。

ケータイに母、茜からかかって来た。

「あ、お母さん？」

「午後の便で帰るわ」

「分った。それでゆうべの――」

「あの女の子、急性アルコール中毒になりかけてるってことだったから、入院させといたわよ」

「入院？　そんなにひどいの？」

「いえ、ゆっくり休めば大丈夫。でも、念のため、あと二日くらい入院させるようにしたから」

亜矢子は、こういう突発事故にも対応するのがスクリプターの仕事だと思っている。

「うん、色々ありがとう」

と、茜は言った。「じゃあ」

「手土産《てみやげ》は甘いものが良さそうだよ」

「分った。見舞に行くよ」


バスの中でウトウトしていると、ケータイが鳴って、出てみると、

「あの……東風さん、ですね」

「え？」

「あの……お母様にすっかりお世話になってしまって。貝原エリです」

「ああ、もう大丈夫なの？　さっき母から電話があったわ。心配しないで入院してるといいわよ」

「でも、そんなわけには……」

「母も人の面倒みるのが好きなの。気にすることないわ。私は亜矢子。そう呼んで」

「はい……。すみません、本当に」

「今日、夕方にでもそっちへ行こうと思ってたの。そのとき話しましょ」

「ありがとうございます。あの――亜矢子さん」

「うん」

「二日酔って辛《つら》いもんですね」

亜矢子は笑って、

「私はあんまり経験ないの。どうしてだか、初めっから強くてね」

と言った……。

「――何だい、入院って」

と、話を聞いていたカメラマンの市原が訊いた。

「あ、大したことじゃないんです」

亜矢子は、ゆうべの納谷と貝原エリのことを話してやった。

「そんなことがあったのか。全く、困った奴だな、納谷も」

「今日は肝《きも》を冷やしてますよ」

「亜矢子ちゃんもなかなかやるね」

と、市原は言った。「その女の子、貝原っていったか？」

「貝原エリ。憶えてます？」

「ああ。僕もオーディションに加わってたからね。貝原エリは悪くなかったよ」

「そうですか」

「ただ、オーディションした役のイメージに合わなかったんだ。監督も、『残念だけど』って説明してたよ、本人に」

市原はカメラマンだ。女優を見るにしても、「カメラを通したら、どう見えるか」を考える。

その市原が「悪くなかった」と言うのだから、見込みがあるかもしれない。

「チャンスがあったら、監督に勧めてみようかしら」

と、亜矢子は言った。

でも、その前に、代りのロケ地を捜さなくては。——亜矢子は記憶の中に、「深い山奥」に見えて、実際は都心に近い便利な場所がなかったか、考えていた……。

6　本番

「カット!」

正木の声が響いた。「もう一度だ。——納谷君、悪くないが、もう少し切羽詰《せっぱつま》った感じで」

「はい」

スタジオでの撮影の日である。

納谷も、ロケの日に起きられなかったのがさすがに応えたとみえて、真剣に取り組んでいた。

実際、正木が亜矢子に、

「どうしたんだ、納谷は？　いやに真面目になったな」

と言ったくらいである。

ただ、そうなると正木にも欲が出る。「もっと良くなる」と思うと、つい粘ってしまうのだった……。

正木は、カメラのすぐ横に座って芝居を見ている。亜矢子はスクリプターとして、その点で正木を好きだった。

デジタルの時代になって、監督はカメラのそばでなく、モニターの前に陣取って芝居を見ていることが多い。しかし、正木はあくまで「目の前で役者が芝居する」ことにこだわっている。

実際、そこには大きな違いがある。

モニターは、しばしばカメラのある場所から離れて、別の部屋に置かれたりする。

カメラが撮っている画《え》が見られるから、確かに不注意によるミスなどはすぐにチェックできるし、役者も自分の演技を確認できる。

しかし、監督は本来役者の演技を目の前で見て、その息づかいから目の輝き、ちょっとした動きの一つ一つを確かめるものだ。

役者としても、すぐそばでじっと監督が見ているのと、見える所に監督がいないのでは、緊張感が違う。

今、若い監督のほとんどは「モニター派」で、役者でも、

「監督に見られてると固くなってやりにくい」

などと言い出す者がいる。

正木はそんなときには、

「プロなら、周りに千人の見物人がいても、人っ子一人いないように芝居ができるだろう」

と言っている。

正木はモニターを助監督にチェックさせる。そして、役者がモニターを見たがると、

「OKかどうか決めるのは俺だ！　役者はそんなもの見なくていい！」

と、はねつけてしまう。

すぐにはその場で見られなかったフィルムの時代には当り前だったことが、今は「気難《きむずか》しい変り者」という評判になってしまうのだ。

「全く、妙な時代になったもんだ」

と、正木は嘆いている。

場面は水原アリサと納谷の二人の芝居。

どちらも長いセリフがある。

くり返しリハーサルをして、

「よし、本番」

と、正木が言った。

スタジオ内にピンと張りつめた緊張感が走る。亜矢子はこの瞬間が好きだった。

「――どうですか」

納谷のマネージャーの杉下文果が、そばに来て、そっと言った。

「とってもいいわ」

と、亜矢子は肯いて見せた。

「おい、ライト！」

と、正木が照明の本田の方へ、「二人の間に影があんまり入らないようにしてくれよ」

「分ってます。大丈夫ですよ」

と、本田が手を上げて見せる。

「じゃ、本番行くぞ」

亜矢子はストップウオッチを手に、息を殺す。

「用意。——スタート！」

カメラが回り、カチンコが鳴る。

アリサと納谷の会話が激しい言い合いになり、二人はもつれ合ってソファの上に倒れる。

テーブルの上の花びんが、納谷の足がテーブルに当ったせいで床に落ちて割れた。

亜矢子は素早くメモした。ＯＫになれば、この後のカットで、花びんを何とかしなければならない。

「俺を馬鹿にしやがって！」

と、納谷がアリサの上にのしかかる。

「力ずくで女の心は得られやしないわよ！」

と、アリサが言い返した。

少しの間。——亜矢子は正木を見た。

「カット」

と、正木は言った。「ＯＫ！　良かった」

スタジオ内にホッとした空気が流れ、拍手が起った。

「汗かいたな」

と、納谷が言った。

「待って！」

と、亜矢子が声をかける。「花びんが割れてる。破片を踏まないで」

「ああ、気が付かなかった」

「監督、いいんですか？」

と、葛西が言った。「あの花びん、高かったんです」

「仕方ないだろ。——そうか、この前の場面があるな。葛西、同じ花びんを買っとけ」

「用意します」

亜矢子はソファに起き上ったアリサの所へ行って、

「床、濡《ぬ》れてますからね。――こっち側へ出て下さい」

「ありがとう、亜矢子さん」

アリサが、ソファの端から足下に用心しつつ、床へ足を下ろす。

「熱演でしたよ」

「そうね。納谷さん、怖いくらいだった」

と、アリサが言ったとき――。

頭上から、パラパラと何かが落ちて来た。亜矢子はふと上を見て、

「危い!」

アリサを抱いて、セットの外へと転がり出た。

次の瞬間、ライトの一つが、たった今まで二人のいた所へ落ちて来た。ガラスの砕ける音。

「――おい! 大丈夫か!」

正木が飛んで来た。

「ええ……。私は何とも……」

アリサが立ち上ると、正木が思い切り抱きしめた。

起き上った亜矢子は、スタジオの中に、微妙な沈黙が広がるのを感じていた……。

「ありゃないよな」

というスタッフの声が、亜矢子の耳に届いて来た。

「あそこまでやるか？　しかもセットの中でさ」

「まあ、そこが監督の得なとこだ」

――もう午後の三時に近い。

遅い昼食時間だった。

亜矢子は黙ってカレーライスを食べていた。

「カレーか」

カメラマンの市原が、定食の盆《ぼん》を手にやって来て、亜矢子の隣に座った。

「早めに戻らないと」

と、亜矢子は言った。「アリサさん、動揺してるでしょ」

「監督が慰めてるさ」

「でも……」

亜矢子が食堂の中をチラッと見回した。

「分るよ。噂してるだろ」

「ええ」

――監督の正木が水原アリサに特別な感情を抱いていることを、亜矢子のように正木のそばにいる者は気付いていていたが、他のスタッフは知らなかったろう。

それが、ライトの落下事故で、正木がアリサを抱きしめたのをみんなが見ていた。誰しも正木の気持に気付いてしまった。

「セットは大丈夫か？」

と、市原が訊いた。

「葛西さんが、任せろと言ってくれて」

「そうか。まあ、けが人が出なくて良かったな」

「ええ、本当に」

「君が気付いたからだ。下手すれば、アリサも君も大けがしてる」

「今ごろそれに気付いたんですか？　誰もほめてくれない」

市原は笑って、

「何となく、君ならやって当り前と思えるんだよ」

「損な役ですね、スクリプターって」

亜矢子はさっさとカレーを食べ終えていた。

「しかし」

と、市原は少し声を低くして、「監督も考えないとな。特に涼子《りょうこ》さんが……」

「きっと耳に入りますよ。わざわざ知らせたりするのがいるから」

正木の妻は涼子といって、元は女優だ。今のスタッフの中にも、涼子をよく知っている人間が何人かいる。

「君が心配しなくても」

「でも、トラブルが撮影に影響すると、困るのはこっちですから」

と、亜矢子は言った。

「そりゃそうだな」

「市原さん、涼子さんとは親しかったんですか？」

「いや、向うはスター女優だし、結婚して、もう十年以上だろ。二、三本は撮ったと思うがね」

「私は、もう引退されて、正木監督の奥様としてしかお会いしてないんです。あ、もちろん出演された映画は見てますけどね」

正木涼子は、旧姓泉《いずみ》涼子で、スターの一人だった。ただ、同年代にもっと目立つスターがたまたま何人かいたので、主役がなかなか回って来なかった。

三十歳になろうとするころ、正木の作品に出て、それがきっかけで結婚。引退してしまった。

「プライドの高い人だった」

と、市原が言った。「もめなきゃいいがな」

「いやなこと言わないで下さいよ」

亜矢子はセルフサービスのコーヒーを持って来た。市原の分もだ。

「やあ、ありがとう。君はきっといい世話女房になるね」

「また、古いこと言って。今の若い子には通じませんよ、その意味」

と、亜矢子は笑って言った。

「あ、そうそう。この間のロケ地、だめだったろ。どこか他に見付かった?」

「葛西さんと二人で、この間見て回ったんですけどね。一応二ヵ所、候補にしてあります。まだ監督に見てもらってないんで」

「僕も一緒に見に行こう。声かけてくれ」

「分りました。車で三十分以内です、どっちも。——それと、もう一つ頭が痛いのは、納谷さんのスタントです」

「ああ、安井君が殺されちゃったからな。代りが見付かるかい?」

「杉下さんが必死で捜してますけど。あと二週間ぐらいはスタントなしで撮れますが、それまでに見付かるかどうか……」

もちろん、亜矢子も心当りを捜している。危いことをやれるスタントマンはいるが、納谷のように見えなくてはいけないのだ。

今はＴＶもハイビジョンで、容易に顔の見分けがつく。

「――あれ？」

市原が食堂の入口の方へ何となく目をやって、「あの子じゃないか？　亜矢子ちゃんが言ってたの」

亜矢子は食堂の入口に立って、心細げに中を覗いている貝原エリを見た。

「エリちゃんだわ。――こっち！」

亜矢子が手を振ると、貝原エリも気付いてニッコリ笑った。

「――もう大丈夫？」

と、亜矢子は、テーブルの方へやって来たエリに訊いた。

「はい、もうすっかり。お母様にお世話になりました」

「いいのよ。母はそういうことが好きなの」

亜矢子は、エリが昼を食べていないというので、カレーを持って来てやった。

「すみません」

「今日は何かあって来たの？」

「あの……正木さんに呼ばれて」

「監督に？」

亜矢子はびっくりした。

「何だか……エキストラに来ないか、って……」

「直接、連絡が行ったの？」

「ええ、ゆうべお電話いただいて」

「私に何も言わないで！　珍しい」

「あの……いけなかったでしょうか？」

「いいのよ。大方《おおかた》忘れてるんだわ。——カレー、食べてて。後で話しとくから」

「はい」

エリはホッとした様子だった。せっせとカレーを食べ始める。そして、ふと、

「安井さんって……」

と言った。

「安井さん？　スタントマンの？」

「ええ、亡くなったんですね。私、知らなくて……」

「殺されたのよ」

と、亜矢子は言った。「あなた、安井さんのこと、知ってたの？」

「ええ」

と、エリは肯いた。「オーディション、受けに来たとき、お会いしたんです」

「そうだったの」

「やさしくて、いい人でしたね。どうして殺されたり……」

「さっぱり分らないわ。今、代りのスタントマンを捜すのに大変で」

「分ります。ＴＶでも、いつも納谷さんの代り、やってたんでしょう？」

「ええ。みんなに好かれてたわ」

エリはカレーを食べていたが、やがて手を止めると、

「でも、あのときは何だか悩んでるみたいでしたけど……」

と言った。

亜矢子は、市原と顔を見合せて、

「あのとき？」

「この撮影所でお話ししたときです。私、この敷地の中を見て回ってて……」

迷子になったと思われたらしい。

エリが、物珍しげにキョロキョロしながら歩いていると、

「やあ」

と、向うから歩いて来る安井が言った。

「あ、さっきはどうも……」

エリは、オーディションを受けに来て、入口で場所を訊いているとき、通りかかった安井から、

「案内してあげるよ」

と、声をかけられたのである。

そして、安井はあれこれ説明してくれた。

「――オーディションはどうだったの？」

と訊かれて、エリは、

「だめだったんです」

と、明るく言った。

話を聞いて、安井は、

「そうか。でも、イメージが違うってことなら、そうがっかりしなくても」

「ええ。またチャンスがあるかもしれませんよね」

エリは、安井がスタントマンで、納谷のスタントをずっとつとめていると聞いて、

「凄いですね！　じゃ、あれって納谷さんがやってるんじゃなかったんだ」

と、感心することしきり。

安井からスタントの苦労話を聞いている内、

「私もスタントマンになろうかな」

と、エリは言い出した。

「君が？」

「だって、女優さんも危いことやる場合だってあるでしょ？」

「そりゃあそうだが」

「私、スターになれるとは思ってません。この顔だし。安井さんみたいに、普通の人が気付かないところで演技してるって、すてきじゃないですか」

「そうかね」

と、安井は呆《あき》れるように言った。

「私、運動神経いいんですよ。学校で体操部にいたし。いいなあ、スタントマン！

スタントウーマン？」

安井は笑って、

「面白い子だね、君は」

と言った。「しかし……僕は逆に、スタントマンをやめようかと思ってるんだよ」

「え？　どうしてですか？」

「いや、君のように若くないしね。少し分ってくると、スタントが怖くなる。――今、迷ってるんだよ」

「じゃあ……別の仕事を？」

安井は何か言いかけたが、

「――いや、まあ、そんなことはどうでもいい。何か決ったことがあるってわけじゃないしね。――君は、出身はどこなの？」

と、話を変えたのだった。


「――スタントマンをやめる？」

エリの話を聞いて、亜矢子は当惑していた。「安井さんから、そんな話、聞いたことないわ」

「そうだな。——もちろん、けがしたりする危険はいつもあるわけだが」

と、市原が言った。

「奥さんと沙也ちゃんのこと、考えてたのかしら。でも、やめてどうするつもりだったんだろ?」

エリは、亜矢子の言葉を聞いて、

「安井さん、あのとき、何か考えがあるみたいでしたよ」

と言った……。

7　ゆがんだ影

「何ごとだろう……」

亜矢子はスタッフルームへと向っていた。

正木からケータイに電話があって、

「話したいことがある」

と言われたのである。

正木がわざわざ電話して来るなんて。しかも、撮影所の中にいて、少しすれば、またスタジオで会うのだ。

「――失礼します」

と、スタッフルームへ入って行くと、正木が一人でお茶を飲んでいる。

「亜矢子か」

「何ですか、監督？　お話って……」

「いや、ひと言、礼を言っとこうと思ってな」

「え？」

「アリサが大けがするところだった。いや、直撃されたら死んでたかもしれん」

「ああ、さっきの事故のことですか」

「お前のおかげでアリサが助かった。ありがとう」

「いいえ。私だって、あのままだったら大けがしてたんですから」

と、亜矢子は言った。「そのことで、わざわざ？」

「なあ、亜矢子……」

正木の口調に、いやな予感がして、

「監督、やめて下さいよ。主演女優との恋なんて、話題作りならともかく」

正木は苦笑して、

「お前、恋愛経験が乏しいくせに、どうしてそう勘がいいんだ？」

「それってひどい言い方ですよ！」

と、亜矢子はふくれて見せた。

ともかくジョークにしておきたかった。

「アリサさんは？」

「今、メイク室だ。少し一人になりたいと言ってな」

「でも……。もちろん、あれ、事故だとは思いますよ。だけど、万一、わざとライト落とすように細工したのだったら……」

「――一人にしといたら危いか」

正木が青くなって、「行って来る！」

「女の私が行った方が。ここにいて下さい」

亜矢子は急いでメイク室へと向った。

一人になりたいと言っても、メイク室にはたいてい誰かいる。まず大丈夫だろう。

「――アリサさん？」

と、ドアを開けて覗くと、

「あ、亜矢子さん。――ありがとう、さっきは」

アリサが鏡の前でコーヒーを飲んでいた。

「監督が心配してましたよ」

「そう？　びっくりしたでしょ」

「アリサさんを抱きしめたこと？　私は別に……。他のスタッフがね」

「この映画の間だけのことよ」

「そうでしょうか」

「そりゃあ、監督が主演女優に惚《ほ》れてくれればありがたいわ。でも、この映画が終ればお互い別の作品につく。続かないわよ、私となんか」

アリサの方がずっと冷静だ。亜矢子は少し安堵した。

「分りました。スクリプターとしては安心です」

アリサがちょっと笑った。その笑いが自然で、無理をしている感じがないので、亜矢子は信じてもいいだろうと思った。

「でも、アリサさん」

「うん」

「撮影中に、監督に向って、今みたいなこと言わないで下さいね。監督、がっかりしちゃいますから」

「分ったわ。あなたも気をつかって大変ね」

「これもスクリプターの仕事です」

と、亜矢子が言ったところへ、

「おい、大丈夫か？」

と、当の正木が入って来た。

「心配して下さってるんですね。嬉しいわ」

と、アリサは、ちょっと甘えたような口調で言った。

さすが女優！

亜矢子は正木に、

「そろそろスタジオに」

と、声をかけて、「あ、そうだ。監督、貝原エリちゃんを呼んだんですか？」

「え？」

正木は一瞬キョトンとしていたが、「ああ、あの子か。うん、ゆうべ何となく思い出してな。チャンスがあればエキストラでもと思ったんだ」

「私にひと言、おっしゃればいいのに」

「忘れてた。もう来てる？　じゃ、次のティールームのシーンで客になってもらおうか」

「じゃ、葛西さんに話しときます。あと五分ですよ！」

と、念を押して、亜矢子はメイク室を出たのだった……。


「おはようございます」

アリサが喫茶店で妹と会って話すシーン。アリサの妹役をやる有田由美《ありたゆみ》が亜矢子を見てやって来た。

「何かあったんですか？」

と、有田由美は訊いた。

「ちょっと、前のシーンで事故がね」

亜矢子の話に、有田由美は、

「アリサさん、無事で？　良かったですね」

と言った。

有田由美は二十五、六だろう、アリサの妹の役にはちょうどいい、少し地味な女優である。キャリアはもう十年以上なのだが、主役にはあまり向かず、専《もっぱ》ら「主役の妹」や「友達」の役が多い。

この〈闇が泣いてる〉でも、出番は三つほどのシーンしかなく、今日と明日の二日で撮影は終ることになっていた。

「じゃ、一応みんな座って下さい」

と、葛西がエキストラに声をかける。

喫茶店の客たちで、七人が出ることになっていた。

「あ、葛西さん、エリちゃんのこと——」

「分ってる。今、メイクをしてもらってるよ」

「すみません！」

と、貝原エリが息を弾《はず》ませてやって来た。

「じゃ、君はその奥。カメラには背を向けてね」

「はい」

「顔が映らないの？」

と、亜矢子は言った。「残念ね」

「いいえ。背中だけでもスクリーンに出られれば充分です！」

エリの明るさに亜矢子は笑ってしまった。同時に、「この子はスターになるかも」

と思った。

現場の空気を明るくしたり、和ませたりする子はスタッフに好かれる。何かチャンスがあれば、

「可愛く撮ってやろう」

と思うのである。

そういう小さなことの積み重ねが、「スター」を生み出すこともあるのだ。

「よろしくお願いします」

と、アリサが入って来る。

「よし、テスト」

カメラの傍に正木が座った。

短い会話だが、妹が姉に、

「好きな人がいる」

と打ち明ける、大切なシーンだ。

有田由美は、いつもシナリオを持たずに現場に入る。セリフが少ないのも確かだが、必ず頭に入っているのだ。

一度テストしただけで、本番のカメラが回った。

「――OK」

と、正木が言った。

「はい、お疲れさま」

と、葛西が声をかけると、正木が、

「いや、ちょっと待て」

と立ち上って、「有田君のアップを撮っとこう」

「え？」

と、当の有田由美がびっくりしている。

「じゃ、カメラを向うへ」

市原はすぐに対応した。

亜矢子は、急いで手もとのメモに書き込んだ。

「アリサのセリフを聞いてる妹の表情だ。いいね」

「はい」

と、由美は肯いた。

亜矢子は、エリが由美のことをじっと見ているのに気付いた。――ただの好奇心というわけではなさそうだ。

数秒のカットで、すぐに撮り終った。

「はい、ご苦労さん」

終われば、たちまち片付けて次のシーンに移る。そのてきぱきとした動きを見るのが、亜矢子は好きだった。

性《しょう》に合っている、と言うのかもしれない。

「亜矢子ちゃん」

と、声をかけられて、振り向くと、照明の本田が立っている。

「何かありました？」

「いや……。さっきの件だけどさ」

アリサと亜矢子の頭上からライトが落下したことを言っているのだ。

「ああ。何でもなかったんですから——」

と、亜矢子が言いかけると、

「いや、そうじゃないんだ」

と、本田は首を振った。「あれは事故じゃない」

「本田さん……」

「責任逃れに言ってるんじゃないよ。自分のミスなら、潔く謝る」

「分ります」

亜矢子も本田がプロであることは、充分に承知している。

「俺は、ライトの取付けに関しちゃ、必ず自分で確かめる。助手にやらせても、本番前にはもう一度確かめるんだ」

「じゃ、あれも……」

「もちろん、確認した。落ちるわけがない」

本田の言葉を疑いはしないが、そうなるとあれは「犯罪」ということになる。

「いや、亜矢子ちゃんの考えてることもよく分るよ。警察なんかに入られたら、またスケジュールが狂うしな」

「でも、人の命に関ることですから……」

「さし当りは、用心しといてくれ。アリサの周辺に」

「分りました」

と、亜矢子は肯いた。「このこと、誰にも言いません」

「呑み込みが早いね」

と、本田は言って笑った。

亜矢子は「誰にも言わない」と言えば、本当に言わない。しかし、普通、スタッフもキャストも、

「これは内緒だぜ」

と言い出せば、丸一日の間に誰でもが知っていることになる。

本田は亜矢子のことをよく知っているから打ち明けたのだ。

亜矢子は次のカットのためのセットへと移動した。

他のスタジオへ向って歩いていると、

「亜矢子さん」

「え？」

貝原エリがやって来た。

「ああ、お疲れさま」

「背中撮られてるだけじゃ、疲れないけど」

と、エリは笑った。「でも、あれでバイト代、もらいました」

「良かったわね。監督に、また機会があったら、って話しとくわ」

「ありがとう！　それで……」

エリは、ちょっと周囲へ目をやって、「さっき、アリサさんの相手してた人ですけど」

「妹役の？　有田由美さんね」

「有田さんっていうんですか。顔は見たことあるけど、名前、知らなかった」

「彼女がどうかしたの？」

「あの……さっきお話しした、安井さんと、この撮影所を歩いてたときなんですけど」

「ええ、それが？」

「安井さんが、歩いてて急に立ち止ると、『ごめん、仕事があるんで、ここでね』と言って。——小走りに、停ってた小型車の方へ駆けて行ったんです」

「それで？」

「車から女の人が降りて来て、安井さんと、ほんの二言三言、話すと、二人で車に乗りました。そして車は走り出して、たぶん正門の方へ」

「エリちゃん、それって……」

「あのとき、安井さんと車に乗ってったの、さっきの人です。有田由美さんです」

「間違いない？」

「ええ、だって、テレビなんかで見てる顔ですもの」

「じゃあ、知り合いだったのね、二人」

と、亜矢子が言うと、エリは首を振って、

「それだけじゃないです」

「というと？」

「安井さん、車から降りて来た有田さんを抱いてキスしてました」

と、エリは言った。

びっくりしている間もなく、亜矢子のケータイが鳴った。

「――もしもし」

亜矢子が、エリと少し離れて出てみると、

「聞いてほしいことがあるんです」

と、女の声が、「あなたに、ぜひ」

「どなた？」

どうしてこのケータイ番号を知っているんだろう？

「会えば分ります」

と、低く抑えた声で、「今夜、会って下さい」

「あの――」

「公になったら困るんです、あなたが」

「私が？」

「今の映画、公開できなくなりますよ」

「何ですって？」

「とんでもないスキャンダルになるんです。だから、私の話を聞いた方がいいですよ」

「あなたは……」

「今夜、零時に撮影所の裏門の前で」

そう言うと、切れてしまった。

「何なのよ……」

亜矢子はケータイをにらみつけた。公衆電話からかけて来ている。

しかし、相手は亜矢子のケータイを知っていた。

「スキャンダル？」

そのひと言は、亜矢子を迷わせた。

ふと気が付くと、エリの姿は見えなくなっている。

「撮影だ！」

亜矢子は次のセットへと駆け出した。

もちろん、危険があるということも分っていた。

何があっても撮影は進む。

日々の仕事の中で、「安井が殺された」という大事件が忘れられていく。しかし、解決していないのは事実だ。

ということは、安井をホテルで殺した犯人が、まだ捕まっていないのだ。

でも、まさか……。

危いことがあるかもしれないと思ってはいても、人間、

「まさか自分が」

と思うものだ……。

正体不明の女から、

「零時に撮影所の裏門前で」

と言われて、どうしたものかと迷っていたが……。

撮影を放ってはおけない。——結局、決心がつかない内に、その日の撮影は終ってしまった。

「じゃ、お疲れさん」

と、監督の正木はさっさと帰ってしまい、気が付いたら一人になっていた。

「ま、いいか」

世の中、変った人間もいるだろうが、映画のスクリプターを殺そうって物好きはいないだろう。

撮影が終って、亜矢子は一旦《いったん》帰宅してから、出直すことにした。

家の近くで夕食をとり、ビールなど飲んでいると、夜もふけて来る。

「そろそろ行くか……」

——撮影所に着いたのは、零時の十五分前というところ。

「裏門だったわね」

正門の前でタクシーを降りてしまったので、裏門へグルッと回って行かなくてはならない。

「失敗したな……」

撮影所も、もちろん映画全盛期のころに比べれば、土地を切り売りして、大分小さくなっているが、それでもかなりの広さがある。

せっかく早く着いたのに、急いで歩いて行くのか……。

それでも十五分はかからないだろう。

暗い夜道を辿《たど》って、裏手に出る。あんまりいい気持はしなかった。

「あそこだ……」

やっと裏門が見えて来る。——とは言っても、普段、あまり人の出入りはないので、照明も電球一つ。

辺りは暗く、少しだが雑木林が残っていたりする。

まだ来ていないようだ。

亜矢子は、明りの下に立って、周囲を見回した。腕時計を見ると、午前零時まで、あと三分。

「いい加減来てもいいよね」

と呟く。

ビールで少し酔っていたが、風が冷たくなって来て、すっかりさめてしまった。

五分過ぎたところで——車のライトが近付いて来た。

あれかしら?

亜矢子が様子をうかがっていると、車は裏門の少し手前で停った。ライトが消える。

亜矢子はスクリプターである。むだに待たされるのは、撮影でも、他の場合でも好きではない。

しばらく車から誰も降りて来ないので、亜矢子は自分から車へと近寄って行った。

そして、

「どなたですか？」

と、声をかけた。

車の中は暗くてよく見えない。

しかし、中からドアが開く気配がなく、亜矢子は思い切って、運転席のドアをパッと開けた。車内灯が点《つ》く。

そして——外へとゆっくり倒れて来たのは女性だった。

「え？」

ドアにもたれていたのだろうか、身を投げ出すような格好で、車の外へ上半身が倒れて来た。

「どうしたんですか？」

亜矢子は面食らって、膝をつくと、その女性を抱き起こそうとした。「——有田さん？」

有田由美だ。映画でアリサの妹役をやっている女優だ。

しかし、どうして……。

亜矢子はハッとした。抱き起こそうとした手に何かヌルッとした感触があった。

血だ。——どうしてこの人が？

そのとき、車の外の暗がりにタタッと足音がした。

亜矢子はその方向へ目をやったが、暗い中、わずかに人らしい影が動いて見えた。

誰かが、この車の中で有田由美を刺したのだ。そして、こっそり車の外へ出ていた。

「しっかりして！」

亜矢子は有田由美の体を抱き上げて、何とかシートに戻した。

脇腹が血で濡れている。由美が低く呻いた。

「大変だ……」

亜矢子はケータイを取り出し、救急車を呼んだ。——何があったんだろう？

亜矢子を呼び出した女が由美だったのか？

それとも他にいたのか。そして、亜矢子と会う前に誰かが——。

あの電話の声。——「スキャンダルになりますよ」と言ったのは、由美の声だったろうか？

何といっても女優だ。地の声でない声でしゃべることもできるだろう。由美だったとも思えるし、違うようでもある。

ともかく、今は由美を助けることだ。

やがて、救急車のサイレンが聞こえて来て、亜矢子はホッとした。

8　展開

「やあ」

ドアが開いて、顔を出したのは、倉田刑事だった。

「やっと来てくれたんですね」

亜矢子は、これ以上はありえないほど、不機嫌だった。

「伝言がなかなか届かなくて……」張り込みしてて動けなかったんですよ」

と、倉田は言いわけして、「やあ……。ひどいなりですね」

有田由美の血で服は汚れていた。しかも、すっかり乾いてしまっているが、ずっと警察の中で、着替えることもできない。

「頭に来ちゃう！　私のこと疑って、取り調べたんですよ！」

「今、担当の者と話しました。帰っていいそうですよ。ただ、連絡が取れるようにと

「……」

「やっぱり、まだ容疑者なんですよね」

「どういう状況だったんですか？」

「散々話しましたけど」

「もう一度、聞かせて下さい」

「分りました」

亜矢子はため息をついて、謎の電話で呼び出されたことから、倉田に説明した。

「――誰かが逃げて行ったと？」

「足音しか聞こえませんでした。――それで有田由美さんの容態、どうなんですか？　それも教えてくれないんですよ」

「刃物で脇腹を刺されたのですが、持ち直しているそうです」

「良かった！　――何しろ、救急車が来ても、正門の前に着けたもんだからさっぱり分らなくて、それで手間取ったんです」

亜矢子が不機嫌なのも無理はない。

「じゃ、お宅へ送りましょう」

と、倉田が言ったので、亜矢子は遠慮しないことにした。

マンションにともかく一旦帰って、シャワーを浴び、着替えた。髪を乾かして、チーフ助監督の葛西へ電話を入れると、

「君、捕まったんじゃないの？」

と言われて、仰天した。

「何もしてないのに、どうして！」

と言い返す。

「いや、噂でね」

葛西は笑いをこらえている。

「冗談じゃないですよ」

「ごめんごめん。しかし――有田由美が大変なことになったね」

「生命には別状ないそうです。あとワンシーン、どうなりました？」

本当なら今日も有田由美の出るシーンを撮ることになっていたのだ。

「とりあえず延期して、様子を見ようってことになったよ。どうしても無理なら、シナリオを直すだろう」

「分りました。これから病院に寄って、それから撮影所に行きます」

「よろしく頼むよ。撮り終ってからだったら良かったのにな」

ずいぶんひどい言い方のようだが、撮影の現場にいると、そう考えてしまうのだ。
——亜矢子は服を着ながら、何か忘れているような気がした。
何だろう？
首をかしげながら、出かけようとして、玄関で靴をはこうとかがみ込んだとたん
——お腹がグーッと音をたてた。
そうか。お腹空いてたんだ！

有田由美は眠っているようだった。

当然痛み止めを使っているはずで、そのせいだろう。

亜矢子は、声をかけずに帰ろうと思ったが、そのとき、有田由美は目を覚ました。

「——来て下さったんですか」

「起しちゃった？」

「いえ……。半分眠ってるみたいで……」

「由美さん。何があったの？」

「刑事さんにも訊かれたんですけど、よく分らないんです」

と、由美は言った。「亜矢子さんが助けて下さったんですね」

「助けたってわけでも……。それより、一つ教えてくれる？」

「はあ……」

「あの場所に私を呼び出した電話は、あなたがかけたの？」

亜矢子の問いに、由美はちょっと目を見開いて、

「それって……亜矢子さんじゃなかったんですか？」

「私？」

「私のケータイに電話があって、凄くやかましい所でかけてたみたいで、よく聞こえなかったんですけど、夜中の十二時に裏門の所へ来てくれと……。亜矢子さんと名のったんです」

「じゃ、あなたも呼び出されて？」

「ええ。──それであそこへ行って、車を停めたら、急に誰かが助手席の側のドアを開けて、私、押されてハンドルに突っ伏してしまったんです。そして脇腹に痛みが……」

「誰だか見なかったの？」

「こっちへ亜矢子さんがやって来られるのが見えたんで、そっちに気を取られてて。──すぐに目の前が真暗《まっくら》になって、後は憶えてないんです」

「そうだったの。——分ったわ。犯人は警察が捜してくれるでしょ。それから……」

亜矢子は、由美が死んだ安井と付合っていたのか訊こうとしてためらった。今、訊くことではないかもしれない。

「亜矢子さん」

「え？」

「今日、私の出る場面、ありましたよね。どうなりました？」

「ああ……。一応延期したそうよ。傷の具合で、無理なようなら、正木さんが何か考えるでしょ」

「出ます！　絶対に演《や》ります！」

亜矢子の言葉に、由美は間髪《かんはつ》を入れず、

と言った。「お医者さんと相談して、一日だけでも撮影所に行きます！　お願いです、カットしないで下さい」

とてもけが人とは思えない、力強い口調だった。役者なのだ。

「分ったわ。そう監督には伝えておくから。興奮して出血したらいけないわ」

「ええ……。亜矢子さん、本当にお願い。私、絶対に——」

「落ちついて」

もちろん、一スクリプターの亜矢子に、それを決める権限はない。しかし、正木を説得することはできるだろう。

「ちゃんと話して、報告に来るわ」

「お願いします。――すみません、勝手を言って……」

由美もさすがに恥ずかしそうにしている。

しかし、そんな由美の無茶さ加減を、亜矢子は嫌いじゃなかった。

病院を出ようとして、一階のロビーへ下りて来ると、亜矢子はケータイの電源を入れた。母から着信があった。

「もしもし、お母さん？」

と、かけてみる。「電話した？」

「あの安井真衣さんのことよ」

と、母の茜は言った。「そっちじゃ、何も変ったことない？」

「特に何も……。もちろん、色々あるけど、真衣さんのことは――」

「話したでしょ、父親のこと」

「ああ。スーパーのチェーンを持ってるとかいう……」

「そう。大和田広吉って人なんだけどね」

と、茜は深刻な口調になって、「私もよく知らなかったんだけど、大和田さんって人は、スーパーの経営に乗り出す前は、かなり危ない人だったらしいのよ」

「危ないって？」

「結構勢力のある組を持ってたんですって」

亜矢子は目を丸くして、

「それって――ヤクザってこと？」

「まあ、そういうことね。一応廃業して組も解散したことになってるけど、中には見せかけだけだって言ってる人もいるらしいわ」

「真衣さんも当然、父親のそういうことは知ってるわね。それもあって、家を出たのかしら」

「あり得るわね」

「待って。それじゃ……安井さんを殺したのも、もしかしたら……」

「そこまでやるかどうかね。――でも、ともかく用心した方がいいわ。真衣さんにそう伝えて」

「分った。――お母さん、大丈夫だったの？　真衣さんを連れて帰れなかったわけでしょ」

「私のことは一目置いてくれてるの。そんなことより、そっちが気を付けてね」

「分った……」

――とんでもないことになった。

もし、安井を大和田が殺させたとしたら……。

この件が今の映画をめぐるスキャンダルにならなければいいが。

「スキャンダル……」

あの電話が言っていた「スキャンダル」とは、もしかしたらこのことだったのだろうか？

亜矢子は急いでタクシーで撮影所へと向った。


「何をサボってるんだ」

亜矢子の顔を見るなり、正木が言った。「夜もやるぞ。少し急がんとな」

亜矢子は言いわけするのをやめて、

「分りました」

と、すぐに次のシーンの準備にかかった。

撮影中の監督に何を言っても仕方ない。聞いているようで聞いていないのだ。

「――納谷さん、用意は？」

「できてます」

と、杉下文果が言った。「すぐ呼んで来ます」

「お願いします。あと、特殊効果の人……」

シナリオを見ながら、指示を出す。もちろん、本来チーフ助監督の仕事だが、今、葛西はセットの飾りつけにかかり切りだ。

「――亜矢子さん」

助監督の一人が呼んだ。

「はい？」

「この方が……」

案内されてスタジオに入って来たのは、なんと安井の妻、真衣だった。

「まあ、真衣さん」

「すみません、お忙しいのに」

思い出した！　撮影所に来れば何か仕事があるかもしれない、と亜矢子が言ったのだ。

「今、撮影中なので」

と、亜矢子は言った。「でも、一応監督に紹介しますね」

「ありがとうございます」

真衣は、大分悲しみから立ち直っているようだった。七歳の沙也を育てなければならないのだ。

「夜もお仕事なんですね」

と、真衣は言った。「あの人も、よく夜中に帰って来ました」

この女性の父親が元ヤクザ……。そんな家に生まれたら、どんな気分だろう。

「――監督」

と、亜矢子は声をかけた。「亡くなったスタントマンの安井さんの奥様です」

「うん？　――ああ、これはどうも」

正木が腰を浮かして、「この度はどうも……」

「いえ、お気づかいいただきまして……」

「まあ、おかけ下さい。おい、椅子！」

正木は、スタッフのことは怒鳴りまくるが、外部の人間にはやたら愛想《あいそ》がいい。それだけ小心者なのである。

亜矢子は少し離れて、正木と真衣が話しているのを見ていたが……。

「すみません」

と、別の助監督がやって来た。「今、外にお客が」

「私に？」

「いえ、安井真衣さんに、って」

誰だろう？　亜矢子は正木が笑顔で真衣と話しているのを見て、

「私が行くわ」

と言った。

スタジオの外へ出ると、もうすっかり夜になっている。

男が二人、立っていた。

「あの……どなたですか？」

と、亜矢子は声をかけた。「今、ちょうど――」

いきなり、男の一人が亜矢子を背後から抱きしめるようにした。

「何してるの！」

と、声を上げると同時に、亜矢子の顔に布が押し当てられた。

鼻をつく臭《にお》い。頭がクラクラして、しびれるような感じがした。

え？　何なの、これ？

薬をかがされて眠らされる。――これってドラマの中？

そう考えながら、亜矢子は意識を失ってしまった……。


え？　私……揺れてる？

どうしちゃったんだろう？　眠りから覚める感じだが、でも、体がゆっくり揺れているような……。

目を開けると、ボーッとぼやけた光景。

どこかの室内だ。そう広くない部屋で、でもきれいな内装の……。

え？　――私、どうなったの？

思い出した！　撮影所のスタジオを出たところで、男たちに押えられ……。

起き上ろうとすると、

「――目が覚めたか」

と、男の声がした。

声のした方を見ると、頭の半ば禿《は》げ上った大柄な男が白いジャケットを着て椅子にかけていた。

「あなたは……」

と、少し体を起す。

「君のお母さんの知り合いだ」

と、男は言った。

「――大和田さん？」

「そうだ」

「どういうことですか？　ここは……」

「申し訳ない」

と、大和田は言った。「娘の真衣を連れて来いと言いつけたのに、こいつらは君を間違って連れて来てしまった」

亜矢子は部屋の隅でうなだれて立っている二人の男に気付いた。どっちも目の周りにあざができ、顔がはれ上っている。

「だって……真衣さんを呼び出したら、こいつが出て来たんです」

と、一人が不服そうに言った。

「それにしたって……。ひどいことするんですね！」

亜矢子はやっと起き上った。「人を薬で眠らせて、さらって来るなんて……」

「父親が娘を連れて帰るんだ、少しもおかしくはない」

「真衣さんは帰らないと言ってるのよ！」

と、亜矢子は言って、「──どうして私のことを知ってるの？」

「君のケータイを見た。東風茜と何度もやりとりしている。娘がいると聞いていたからな」

「訴えてやる！　誘拐は重罪よ」

大和田はちょっと笑って、

「威勢のいい娘だな。面白い」

と言った。

「ちっとも面白くなんかない」

と、亜矢子はむくれて、「帰るわ。ここ、どこなの？」

「九州だ」

「──え？」

「私は自家用機を持っているのでね」

亜矢子は唖然とした。

「ところで──」

と、大和田は続けて、「君はどういう仕事をしてるんだ？」

「私？　――スクリプターよ」

　と答えると、

「ストリッパー？　その体で？」

「スクリプター！　あのね、映画を撮るスタッフの一人」

「ふーん。それでそういうボロいなりをしてるのか」

「悪かったわね。――自家用機で連れて来たのなら、東京まで送ってちょうだい！」

「ここからは無理だ。海の上だからな」

「――海の上？」

「これはクルーザーだよ。分らんかね？」

船の中？　揺れているわけだ。

「冗談やめてよ！」

亜矢子は立ち上ると、ドアを開け、階段を駆け上った。

「――うそ」

明るい太陽の下。見渡す限り青い海が三六〇度、広がっていたのだ。

夢でも見てるのかしら？

でも、夢にしちゃ、出演している男が二枚目じゃない！

「――まあ、のんびりするといい」

大和田はシャンパンなど飲みながら言った。

「帰して下さい」

と、亜矢子は言った。「私、仕事があるんです！」

「分った分った。ストリッパーだろ」

「スクリプターです！　困るんですよ、途中が飛んじゃったら」

「ふーん」

と、大和田はデッキに寝そべって言った。「まあ、よく分らんが、心配するな。取って食おうとはせん」

「おいしくありませんよ」

「夕方には港へ戻る。そこから空港へ送らせるよ」

と、大和田はのんびり言って、「どうだ？　どうせなら一泳ぎしちゃ。ビキニの水着ならあるぞ」

「結構です」

クルーザーは海の上。こんな所じゃ、ケータイも通じない。

仕方なく、亜矢子はデッキチェアに腰をかけた。

「――おい」

「何ですか？」

「君は知ってたのか、安井のことを」

「もちろんです」

と、亜矢子は言った。「立派なスタントマンでしたよ」

「危いことをやる奴のことだな」

大和田はちょっと苦々しげに、「女房子供がいるくせに、物騒な真似《まね》しかできんとはな。もうちっとましな男に惚れれば良かったんだ」

「待って下さい」

亜矢子はムッとして、「何も分らないで勝手なこと言わないで下さい」

「何も分らないで、だと？」

大和田は鋭い目つきになって、「おい、ここで海の中へ放り込まれたら、サメのエサになるんだぞ」

確かに、ここで大和田と争おうにも、子分たちはいるし、亜矢子に勝ち目はない。

ちょっとゾッとしたが、だからといって、言いたいことを呑み込んで我慢していられる亜矢子ではなかった。

「やりたけりゃどうぞ」

と、亜矢子は言い返した。「でも、海へ放り込まれる前に、言わせて下さい。スタントマンはプロなんです。決して無鉄砲に危いことをしてるわけじゃありません」

「しかし――」

「確かに、危険な撮影で、スタントマンがけがをすることもあります。でも、普通の役者さんがつまずいたり転んだりしてけがするより、ずっと回数は少ないんです。それはどこまでやれば危険か、スタントマンはよく知っているからです。そして、自分が目立つことはないと分っています。目立つのは役者なんです。でも、スタントマンはいい映画にしたい、という思いで、仕事をしているんです」

一気に話すと、亜矢子は息をついた。

「――放り込みますか」

と、子分が言った。

「待て」

と、大和田は言った。「港へ戻るぞ」

「ですが――」

「戻るんだ。早くしろ」

その声には、さすが迫力があった。

「帰してくれるんですか」

と、亜矢子は訊いた。

「ああ。夕方には撮影所へ着くようにしてやる」

「どうも……」

何だか、大和田は亜矢子の話に感心したようだったのだ。

ともかくクルーザーはエンジンの音をたてて動き出した……。

9 帰り道

意外に早く、クルーザーは港へ着いた。

「良かった……」

てっきり、太平洋の真中《まんなか》辺りまで来てしまっているのかと思っていたのだ（まさか！）。

「空港まで車で送らせる」

と、クルーザーを降りて大和田は言った。「飛行機の予約も済んどる」

「そんなこと……」

「無理に連れて来たんだ。帰りも無理にでも帰らせる」

「変な人ですね」

と、亜矢子は苦笑した。

今どきあんまり見かけない大型の外車が、運転手付きで待っていた。

「ちゃんと飛行機には間に合う」

と、大和田は言った。

「どうも……」

礼を言うのも変かと思ったが、一応、「失礼します」と、車に乗り込もうとした。

「おい」

と、大和田が声をかけた。「ひと言、言っとく」

「はい？」

「お前も相当変な女だ」

どういう意味かよく分らなかったが、亜矢子は車に乗って、空港へと向った。

電波が届くと、早速ケータイが鳴った。

「――もしもし」

監督の正木からだ。「監督ですか、私――」

「何やってるんだ！」

と、いきなり怒鳴られた。「どこでサボってる！　連絡もして来ないで、どういうつもりだ！」

怒鳴られるのには慣れているが、今度ばかりは謝っていられない。

「聞いて下さい！　私、麻酔薬かがされて、飛行機で九州まで連れて来られたんです。船で海の上にいたんで、連絡したくても、できなかったんですよ。今、空港に向ってるんで、夕方には撮影所に着けると思います」

しばらく向うは黙っていた。

「もしもし？　監督、聞いてます？」――亜矢子は、

「おい、亜矢子。話をでっち上げるにしても少しはリアリティのある話にしろ」

と、正木は言った。「いつから女ジェームズ・ボンドになったんだ？」

「本当なんですよ！」

「ともかく、急いで戻って来い！　どこかのホテルに男としけ込んでるって噂だぞ」

「冗談じゃないんです！　今、九州で――」

「分った分った」

と、正木は遮って、「間違ってサハラ砂漠にパラシュートで降下しないようにしろ」

「監督——」

切れてしまった。亜矢子はため息をついて、

「でも……まあ信じてくれなくてもしょうがないか」

と呟いた。

空港に着くと、東京への飛行機まで二十分。すぐに搭乗しようとすると、母、東風茜から電話がかかって来た。

「お母さん？」

「あんた、大丈夫？」

「うん。ちょっと色々あって……」

「大和田さんから電話があったわよ」

「え？　何て言ってた？」

「あんたに詫《わ》びといてくれって」

「へえ」

「何があったの？」

「うーん……。ひと言じゃ説明できないけど……」

「ともかく無事なのね？　良かった」

「あんまり良くないけどね」

と、亜矢子は言った。

「ともかく、大和田さんが詫びといてくれ、なんて言うの、聞いたことないわ」

「変な人よね」

茜はちょっと笑って、

「大和田さんも言ってたわ。『あんたの娘は変な女だ』って」

「失礼ね。ともかく私、急いで撮影所へ戻らないと」

「今、どこにいるの？」

「ええと……車の中」

説明するのも面倒で、亜矢子はそう言ってすませることにした。


「本番！」

撮影所に入ったとたん、正木の声が飛んで来て、亜矢子は反射的に足を止めていた。

「用意！　――スタート！」

カチンコが鳴る。

どこで撮ってるんだ？　――亜矢子は首をかしげた。

スタジオの中ではない。明らかに表で撮っている。

空港から直行して、何とか日の落ちる前に撮影所に着いたのだが……。

「――はい、ＯＫ！」

正木の声がして、亜矢子は急いで声のした方へと向った。

――何と、スタジオの前のスペースでライトを点けて撮影している。

こんな場面、あったっけ？

「監督」

と、正木の方へ寄って行くと、

「何だ、帰って来たのか。女スパイが」

「どこがスパイですか！　人のことだと思って」

と、口を尖《とが》らす。「今のカット、何ですか？　どこの場面ですか？」

「書き足したんだ」

「え？」

「おい、ご苦労さん。大丈夫か？」

亜矢子はびっくりした。

入院していた有田由美が、明るいワンピースを着てやって来たのである。

「有田さん！　大丈夫なの？」

「ええ。――監督にお願いして、出番を作ってもらったんです」

「偉いだろう」

と、正木が言った。「負傷しても、絶対に出る、と言って来てな。感激して、とりあえずワンシーン、増やしてやった」

「そうですか……。でも、病院に戻らないと」

「ええ、そうします」

と、由美は肯いたが、まるでもう傷がすっかり治ってしまったかのように活《い》き活《い》きしている。

役者って、こういう生きものなんだな、と改めて亜矢子は思った。

「でも、監督」

と、亜矢子は言った。「書き足した場面って、シナリオのどこに入るんですか？」

スクリプターとしては、その肝心のことを聞いておかなくてはならない。

すると、正木は、

「ああ、彼女に訊いてくれ」

と答えたのである。

「え？」

カメラのかげになって気付かなかったのだが、いつもスクリプターの亜矢子が座っている椅子に、他の女性が——何と、安井の妻、真衣が座っていたのだ。

「真衣さん！　何してるんですか⁉」

と、唖然として声をかけると、

「あ、お帰りなさい」

と、真衣は言った。

真衣の膝の上には、亜矢子が使っているスクリプター用のシナリオ、ストップウオッチなどがのっている。

「お前がいなくなっちまったからな」

と、正木が言った。「急遽《きゅうきょ》、彼女に代りをやってもらった。なかなか呑み込みが早かったぞ」

「はあ……」

亜矢子としては、複雑である。それにスクリプターの仕事が一日二日でこなせると思われてはかなわない。

「あの……真衣さん、そのシナリオとストップウオッチ、いただけます？」

「はい！　面白いですね、この仕事」

と、真衣は楽しそうだ。

「そうですか？」

昨日の分も含めて、数カットが撮られていたことが分った。

カットごとの秒数、ＯＫカットの印などはちゃんと書き込んであるが、しかし何といっても素人である。果してどこまで正確か分らない。

正木だって、そんなことは分っているはずなのに……。亜矢子はちょっとうらめしかった。

秒数が違っていたら、後で苦労するのは亜矢子である。しかも、一日いなくなったといっても――。

「おい、亜矢子」

と、正木が言った。「今夜は会合があって撮影できない。すぐ出かけるから、明日の段取りをつけといてくれ」

「分りました。葛西さんと相談します」

「頼んだぞ」

正木は行きかけて、「――そうだ。亜矢子、真衣さんにスクリプターの仕事を教えたらどうだ？　お前が休むときに代りができるくらいに」

「え……。でも……」

と、口ごもっていると、

「また、秘密の任務で出張するかもしれないだろ」

正木はそう言って、笑いながら行ってしまった。

「全くもう……」

亜矢子としては面白くない。

「亜矢子さん」

と、安井真衣はニコニコしながら、「よろしくお願いします！」

そう無邪気に言われてしまうと、いやとも言えないが……。

「あのね、真衣さん」

一応言っておかないと。「私、あなたのお父さんに誘拐されてたんですよ」

「え？」

目を丸くしている真衣に事情を説明すると、「――父がそんなことを。すみませんでした！」

「いえ、まあ無事でしたからね。でも、用心した方がいいですよ」

「分りました」

真衣はすっかり元気を失くしてしまい、「どうして放っといてくれないんだろう……」

と、涙ぐんだりする。

亜矢子は、何だか自分が真衣をいじめているみたいで、

「でも、ほら。ちゃんと仕事をして、生活してるところを見せてやればいいんですよ」

と、つい励ましている。「ね、明日から、スクリプターの仕事、一から教えてあげますから」

「お願いします。――私、父を見返してやりたいんです」

真衣にギュッと手を握られて、引きつったような笑みを浮かべた亜矢子だった。

撮影所の門を出ると、

「沙也を迎えに行かなくちゃ」

と、真衣はちょうどやって来たバスの方へと駆けて行った。

「やれやれ……」

私って、人がいいのか、悪いのか。

歩き出すと、門から出て来た黒塗りのハイヤーが、亜矢子を追い抜いて行ったが、少し行って停ると、バックして来た。

「おい、亜矢子」

「あ、監督。これから出かけるんですか？」

「うん。T映画の創業八十年のパーティなんだ」

と、正木は窓から顔を出して、「安井の奥さんはどうした？」

「今、バスに乗って行きましたよ」

「そうか。——じゃ、お前でもいい。一緒に来い」

「は？」

「パーティに一人で行くのも格好がつかん。女性を連れてないとな。着る物は——ちょっとそれじゃまずいか」

お前でもいい、と言われたのが、少々気にさわったが、

「じゃ、何か着替えてから行きます。どこへ行けばいいんですか？」

「Kホテルだ。三十分で来られるか？」

「え……。何とかします」

「よし、会場の前で待ってる」

ハイヤーが行ってしまうと、

「私は真衣さんの代り？　――そりゃあ、真衣さんの方が美人だけど……」

ブツブツ言っていても仕方ない。

亜矢子はタクシーを停めて、一旦自分のマンションに帰ることにした。

10　接点

時間厳守。

これもスクリプターの鉄則である。

もちろん、スターは平気で遅れて来るし、監督だって必ずしも時間通りに来ない。

それでも、スクリプターとチーフ助監督はいつも時間通りに行かなくてはならないのだ。――実際には、ほとんど時間より前に行っている。

それでも、さすがにKホテルへ、パーティに出てもおかしくない格好で駆けつけるのは大変だった。

息を弾ませ、「三十分で」と言われたのを「二十九分で」着いた。

「何だ、早いな」

正木はロビーでのんびり立ち話などしている。

「三十分です」

「そうか」

正木は笑って、「よし、中へ入ろう」

大手の映画会社の創業八十年だけあって、広い会場に人がひしめき合っていた。

「凄いですね」

人の話し声が、ゴーッという唸《うな》りとなって渦巻いている。

「立食だ。好きなだけ食ってけ」

と、正木は言った。「俺は色んな奴と話さなきゃならん」

「遠慮なくいただきます」

と、亜矢子は言った。

しかし、立食のパーティというのはたいていていそうだが、入口の辺りに人がたまって、奥へ入れなくなる。

「私、かき分けて進みますから、監督、ついて来て下さい」

一応、正木を主催者の所へ送り届けなくてはならない。別にそれはスクリプターの仕事じゃないが、やはりつい面倒をみたくなるのである。

「失礼します。——ちょっとすみません」

をくり返しながら、会場の奥のステージの所まで辿り着くと、

「あ、正木監督！　お久しぶりです！」

一線級のスターが集まっていて、正木を見ると、すぐに寄って来る。

「こりゃどうも。——正木さん」

T映画の社長が挨拶に来る。

正木としては、美人女優に囲まれている方が嬉しいに違いないが、仕事の上では、プロデューサーなどと話すことが大切だ。

「いや、一度ご相談しようと思ってとったんですよ……」

正木が、関係者たちの中に埋もれていくのを見て、亜矢子はホッとした。

これで役目は果した！

とはいえ、まだパーティそのものが始まっていないらしいので、食事は後回し。とりあえず、飲物をもらって、会場の隅へと移動する。

気が付くと、水原アリサも納谷達郎もいる。さすがにスターらしい輝きがあって、目立っていた。

「では、皆様大変お待たせいたしました……」

ＴＶでよく見るアナウンサーが司会をしている。

Ｔ映画創業八十年という意義を少し詳しく話してから、Ｔ映画の社長が紹介され、ステージのマイクの前に立った。

亜矢子がグラスを手に、壁際に立っていると、

「ご苦労さん」

と、そばで言われて、

「どうも……」

と、会釈したが、「――あ！　大和田さん！」

仰天した。昼間九州で別れた大和田が立っていたのだ。

「今日は間に合ったか」

と、大和田はニヤリと笑って言った。

「どうしてここへ？」

と、つい亜矢子は訊いていた。

「もちろん招待されて来たのさ」

と、大和田は言った。

ダブルのスーツがさすがに似合う。

「じゃ、T映画と関係が？」

「出資者の一人だ。もう三本の映画に出資している」

大和田の話は初耳だったが、今、映画会社はどこも自社で映画を製作する力はない。

あちこちから出資者を集めて、〈製作委員会〉を立ち上げ、映画会社が配給するという形がほとんどだ。

大手スーパーチェーンを持っている大和田がそこに加わってもふしぎはない。

「それじゃ——自家用機で？」

「いや、夕方の便で来た。自家用機は金がかかる」

この辺が、アメリカやアラブの金持と違うところだ。

「こういうパーティは初めてだ」

と、大和田が言った。「おい、美人女優に紹介しろ」

「私みたいなスクリプターが、そんなことできませんよ」

と、亜矢子は言ったが、「――分りました。今、私がついてる監督をご紹介します。美人女優もついて来ますよ」

景品みたいなことを言っている。

「――監督」

と、正木を見付けて、声をかける。

「何だ？　ちゃんと食べてるか？」

「ご紹介します」

と、亜矢子は言った。「こちらが、私を九州までさらって行った大和田さんです」

正木は目を丸くして、

「冗談じゃなかったのか？」

「おい、誤解されるだろ」

と、大和田が文句を言った。

「誤解じゃなくて本当のことじゃないですか」

と、亜矢子は言い返して、「監督、追加して言っときますと、安井真衣さんの父親でもあります」

「何だ、そうならそうと先に言ぇ」

正木は大和田と握手して、「いや、真衣さんはとてもすてきな女性ですね。この亜矢子がスクリプターに育てる、と言って張り切ってます」

「別に張り切ってませんけど……」

と、亜矢子はそっと呟いた。

水原アリサが、正木を捜してやって来た。早速、亜矢子はアリサを大和田に紹介した。

後はご自分で、と言ったわけではないが、亜矢子はいつまでも大和田についているわけにもいかないので、料理のテーブルを開拓しようと会場を回った。

少しして様子を見ると、大和田が若いアイドルスターの女の子とにやにやとしながらカメラにおさまっていた。

「――やあ」

納谷達郎が、グラスを手にやって来た。もう大分酔っているようだ。

「見違えたぜ。馬子にも衣裳だな」

「何ですか」

と、食べながら、「あんまり酔っ払わないで下さいね。写真、撮られますよ」

「なに、これぐらいで酔うもんか」

「それより、安井さんの代りのスタント、見付かったんですか？」

「え？　ああ……。今、杉下が捜してるよ」

「じき、スタントの場面があるでしょ」

「それまでにゃ、何とかなるさ」

見付からなかったら、杉下文果のせいにすればいい、ということか。

「なあ」

突然、納谷が手を握って来たので、亜矢子はびっくりして、

「何ですか？」

「どうだ？　一度、一晩付合えよ」

亜矢子は呆れて、

「冗談は顔だけにして下さい」

「おい、天下の二枚目に、それはないだろ」

自分で言うかね！

「どうして私なんか。いくらでも可愛い子がいるでしょ、その辺に」

「可愛いのは飽きたんだよ。たまにゃ、お前みたいなのも抱いてみたい」

「こっちは願い下げです」

「おい、スターの誘いを断るのか？」

「好き好きってもんですよ」

と、言い返す。

そこへ、ちょうどマネージャーの杉下文果が人をかき分けてやって来た。

「捜しましたよ！」

「パーティだぜ。何か用なのか」

「スタントの候補の件ですよ、もちろん」

「ふん、いいのがいたか？」

「ロビーに待たせてあります。二人いて、一人は三十七、もう一人は二十七です」

「ふーん。じゃ、会ってみるか」

どんなスタントマンか、興味もあったので、亜矢子はついて行くことにした。

――ロビーのソファに座っていた男性が二人、立ち上った。

見た目はどちらも納谷と似ていない。

「――うん、どっちもどっちだな」

と、納谷は二人をまじまじと眺めて、「やっぱり若い方がスタントマンとしてはいいよな」

「でも若過ぎません？　納谷さんに合わせて老けようとすれば——」

と、亜矢子が言いかけると、納谷はムッとした様子で、

「俺はまだ若い！」

「それはそうですけど……」

「この若いのにしよう。名前は？」

「長町照夫《ながまちてるお》です」

「よし。頼んだぞ」

「頑張ります」

と、若いスタントマンは深々と頭を下げた。

もう一人の、年長の方の男は、無言で立ち去った。

「それじゃ、乾杯しよう！　一緒に来い」

納谷は長町という男の肩を抱いて、パーティ会場の中へ戻って行った。

「——やれやれだわ」

と、杉下文果が息をつく。

「でも、文果さん。今の人、納谷さんにちっとも似てないじゃない」

「ええ、それは……」

「もう一人の方が、まだ少し似たとこあるけど。大丈夫なの？」

むろん、スタントマンがスターに似ている必要はない。顔は、である。

しかし、全体の体つきや雰囲気は似ていないと、スタントマンだということがすぐ分ってしまう。死んだ安井が納谷のスタントをいつもこなしていたのは、全身のバランスや雰囲気が納谷とよく似ていたからである。

「分ってるんですけど……」

と、文果は口ごもった。

「他にいなかったの？　せめて背丈ぐらいは……」

「私もそう言ったんです」

と、文果は言った。「でも、納谷さんが、『俺と似てない奴を捜せ』と言ったので」

「納谷さんがそう言ったの？」

「ええ」

わざわざ「似ていないスタントマン」を捜せというのは、どういう意味だろう？

亜矢子は少し考え込んだ。

しかし、長く考え込んでいる暇はなかった。

「亜矢子さん！」

と、元気のいい声が飛んで来たのである。

「あら、エリちゃん」

新人の貝原エリだ。一昔前のアイドルみたいなドレスを着ているが、それがなかなか似合っている。

「どうしてここに？」

と、亜矢子は訊いた。

まだ新人とも言えないくらいの貝原エリが、こんなパーティに普通は出られない。

「招待状、もらったんです」

「招待状が行ったの？」

「私の入った事務所宛てですけど。社長がびっくりしてました。『俺も招《よ》ばれてないのに、どうしてお前に招待状が来るんだ？』って言って」

正木が呼んだのだろうか？

「ともかく、できるだけ色んな人に挨拶しておいた方がいいわよ」

と、亜矢子は言った。

「はい！　でも――私、顔が分んない」

「そりゃそうよね。じゃ、一緒にいらっしゃい。まず正木監督に挨拶して、それから

T映画の社長さんとか、私の知ってる人には紹介してあげる」

「はい！」

貝原エリは張り切って、「亜矢子さんが呼んで下さったのかと思ってました」

「私、そんなに偉くないわよ」

人の間をかき分けて、正木を見付けると、「監督、貝原エリちゃんです」

正木は目の周りを赤くして、大分酔っているようだったが、まだエリのことは憶えていたらしい。

「君か！　うん、昔のアイドルの香りがあるな」

「監督が招待リストに？」

「いや、そうじゃない。ま、誰か君にひそかに恋してんじゃないのか？」

「いえ、そんな……」

しかし、正木と話している余裕はなくなろうとしていた。

「――監督！」

なぜかチーフ助監督の葛西が、客をかき分けて、ひどくあわててやって来た。

「何だ、撮り直しか？」

「違います。奥様がおいでです」

そのひと言で、正木は目を丸くして、

「うちの……女房が？」

「ええ」

「どうして女房が――」

「知りませんよ」

正木の妻は、かつてのスター、泉涼子である。しかし、今はもう引退しているのだから、ここへ招かれるわけがない。

「――やあ！　これは懐しい」

「どうも、お久しぶりです」

昔の知り合いと挨拶している涼子。――亜矢子は、正木の自宅などで会ったことはあるが、こうしてきれいに着飾った涼子を見るのは初めてだ。

しかも、さすがに、そういう格好がよく似合う。

「――涼子、どうしたんだ？」

と、正木は笑顔を作ると、妻を迎えた。「ここへ来るなんて言ってなかったじゃないか」

「私が来ちゃまずいことでもある？」

「いや、そんなことはないが……」

「どうも、奥様――」

と、亜矢子が挨拶すると、

「ああ」

と、ちょっと肯いて見せ、夫の方へ、

「あなたの主演女優さんはどこ？」

亜矢子には分った。

どこかのお節介《せっかい》な人間が、正木と水原アリサの仲を涼子へ知らせたのだ。

「水原君か？　さあ……もう帰ったかもしれないな」

と、正木は周囲を見回したが、正にそこへ当の水原アリサがやって来たのである。

「ああ……。来たか」

正木は引きつったような笑みを浮かべると、「ちゃんと紹介したことがなかったな。うちの女房だ。これが今撮ってる〈闇が泣いてる〉の主演、水原――」

と言いかけるのを遮ったのは、アリサの方だった。

「まあ！」

と、涼子を見て目を見開くと、「泉涼子さんですね！」

いきなり昔の名前で呼ばれて、涼子は面食らった様子。

「そうだけど……」

「私の少女時代の憧れでした！　まあ、こうして本物にお会いできるなんて」

と、アリサは頰を染めて、「握手して下さい！」

アリサは、びっくりしている涼子の右手を、両手でしっかり握った。そして、

「感激です！　泉涼子さんにお目にかかれるなんて、夢のようですわ」

「そう……」

「〈北の山並〉の道子《みちこ》、すばらしかったです。私、てっきり泉涼子さんが本当に北海道の自然の中で、馬を走らせて育ったんだとばかり思ってましたもの」

「あのシーンは……」

「ご自分で馬に乗っておられますよね。本当に思い切り走らせて。平原を疾駆《しっく》していくお姿をヘリコプターで撮ったカット！　私、あの映画、十回以上見ていますけど、あのシーンになると、必ず泣いてしまうんです」

「そう。大変だったのよ。乗馬を習って……」

「東京のお生れと後で知って、びっくりしました。役者さんって凄いなあ、って少女ながらに感動していましたわ」

「まあ、それほどのことでも……」

「〈北の山並〉は、一応佐々木愛美《ささきまなみ》の主演ってことになってますけど、主役は絶対泉涼子さんですよね。佐々木愛美には全然大地の香りがありませんもの。大体、馬にも乗っておられないでしょ。ロングショットしかないので、すぐ分ります、吹き替えだってこと」

「ええ、彼女、生きものが苦手で、近付こうとしなかったわ」

「見ていて分ります。厩舎《きゆうしや》の中へ決して入りませんものね！」

「そう！　そうなのよ！　厩舎の前で立ち話するときも、『扉を閉めて、くさいから』って言ってね」

――全く予想外の成り行きに、周囲は呆気に取られていた。

正木もホッとした表情である。もちろん亜矢子もだ。

それにしても、あのアリサが、こんなにおしゃべりになるとは！

演技なら大したものだが、そうではあるまい。突然、泉涼子の映画のことが思い浮かぶわけもない。

涼子がちょっと咳払《せきばら》いして、

「今度、主役をやってるのね」

「はい。でも、まだまだの新人です。泉涼子さんは私の目標です。もちろん、ずっと遠い目標ですが」

こう言われては、涼子も喧嘩できなくなってしまう。

「まあ、しっかりやって」

「ありがとうございます！」

と、アリサは嬉しそうに、「もしお時間がありましたら、他の映画のことも聞かせていただけないでしょうか」

「ええ、いいわよ。じゃ、ちょっと出ましょうか。ここじゃ、うるさくって」

「はい、喜んで！」

涼子がアリサの肩に手をかけて、二人の姿が出口の方へ消えて行くのを、正木も亜矢子もポカンとして見送っていた。

「――監督」

「うん……」

「良かったですね」

「本当だ！」

正木が汗を拭いた。

「何かあったんですか？」

と、貝原エリがふしぎそうにしている。

「話してあげるわ」

と、亜矢子はエリの肩を抱いて、「あなたも、こういう世界がどんなものか、知っておいた方がいいものね」

「はあ……」

「じゃ、まずともかく食べましょ。こういう席じゃ、たいていの人は飲むばかりで、食べるものは沢山余っちゃうのよ」

「もったいないですね！」

「でしょ？　少しでも食べてあげないと」

「はい！　任せて下さい」

と、エリが力強く言った。

11　相談相手

ゲスト歌手の歌などもあって、パーティはなかなか終らなかった。

アルコールが入ってしまうと、たいていの客は、ステージで何をやっていても全く気にしない。

亜矢子はいい加減くたびれて、かつ十七歳のエリの食欲とも付合いきれず、パーティを抜けて、ロビーのソファで息をついた。

「パーティに出るってのも、結構大変だな……」

映画会社の偉い人たちなんか、「毎晩パーティのはしご」だと聞いて、いつも、「いい商売だ」

と思っていたが、それはそれなりに大変だろうという気もした。

もっとも、撮影の現場の大変さとは質が違うが。

ロビーには、パーティから抜けては何か打合せて、また戻って行く、数人のグループが入れ代り立ち代り出入りしていた。――映画に関する色んなことが、たぶんああして決められて行くのだろう。

データや製作意図の説明でなく、アルコールが入って少し気が大きくなった「偉い人」が、

「まあ、いいんじゃないか？」

と言えば、それで決り。

当れば自分の手柄。当らなければ、

「誰だ、俺の知らない間に、こんな企画を出した奴は！」

と怒鳴りまくる。

それに対して、

「自分がＯＫ出したんでしょ」

と言う勇気のある者なんかいない。

日本の映画界の、そんな古い体質を、亜矢子のような立場の人間でも肌で感じている。何とかしなきゃ。——でも、ハリウッドのように、巨大なマシンのような「ＣＧ映画自動製造機」になってしまうのもいやだ。

たかが一人のスクリプターに何ができるというわけでもないが、「何とかしなきゃ」と思うことぐらいはできる……。

「——いいですか？」

と、声をかけて来た男がいる。

「あ、どうぞ」

別に二人が座っても、ソファには充分余裕がある。

その男は、亜矢子から少し離れてソファに身を沈めると、上着のポケットからタバ

コを取り出してくわえた。亜矢子は、男の方を見て、

「禁煙ですよ」

と言った。

「え？」

「ホテルの中、禁煙ですよ。喫煙所が一階にあります。灰皿、ないでしょ？」

「ああ……」

男は肯いて、「そうか。いや、こういう所はタバコを喫《す》いに来るもんだと思ってた」

見たことがある、と思った。

「ああ」

と、亜矢子は思い出して、「スタントマンですね、さっき納谷さんと……」

採用されなかった方のスタントマンだ。

「そうです。――正木監督のスクリプターさんですね」

「そうです。よくご存じね」

「有名ですよ、業界じゃ。若いけど、怖い、って」

「本当ですか？　ひどいなあ」

「東風《こち》さん――とおっしゃるんですね」

「亜矢子で結構」

と、握手して、「安井さんとは親しかったんです」

「立派な先輩でした」

と、男は言った。「僕は森川《もりかわ》といいます」

手作りの名刺を渡す。〈森川弥一《やいち》〉〈危険を買う男〉と刷《す》ってあった。

「森川さん、おいくつ?」

「三十六です」

「じゃ、安井さんより少し年上ですね」

「でも、この世界に入ったのは三十になってからです。安井さんにもずいぶん教えてもらいました」

「以前は何を?」

「体育教師でした。体操でオリンピックを目指していたんですが……。とても無理と分って」

なるほど、そばで見ると胸板が厚く、がっしりしている。

「残念でしたね、さっきは」

と、亜矢子は言った。「どっちかというと、あなたの方が納谷さんに似てると思いましたが」

「ああ、いいんです、あれは」

と、森川は大して気にしていない様子。

「どうして？」

「前もって決ってたんですよ。あの若い方だって」

「それって……」

「コネですね。彼の事務所の社長が納谷さんと仲が良くて」

「はあ……」

「でも、一応、二人並べてどっちか、ってことにしないとまずい、というので呼び出されたんです」

「それって失礼な話ですね」

「まあ、よくある話です。我々はスターじゃありませんからね」

しかし、亜矢子の方は腹が立っていた。

こんなことばっかりやっていて、映画の世界はどうなるんだ！

「しかし――」

と、森川が言った。「安井さんはどうして殺されたんでしょうね。あんないい人が」

「ええ……。本当のプロでした」

「同感です」

そのとき、亜矢子のケータイが鳴った。安井真衣からだ。

ちょうど安井の話をしているときに――。

「もしもし」

「あ、亜矢子さん。ごめんなさい、突然」

「いいけど……。どうしたんですか？」

「実は、家の留守番電話に女の人の声で」

「何か？」

「主人が殺された件で、お話ししたいって。その後に、同じ人から『私はホテルSの客室係です』って吹き込んであったんです」

「客室係ね。――何か見たのかしら」

「どうしましょう？」

「連絡はできるんですか？」

「今夜はホテルSで夜勤だと。夜中に時間が取れると吹き込んでありました」

「分りました。じゃあ――私も一緒に。でも、沙也ちゃんがいるんですよね」

「ええ、置いて行くのも……」

まだ七歳では心配だ。

「私が代りに話して来ます。連絡があったら、私が行くと伝えて下さい。何時にどこへ行けばいいか、聞いて」

「分りました。すみません、亜矢子さんにこんなことまで……」

「これぐらいこなさないと、スクリプターはつとまりませんよ」

と、亜矢子は言った。

亜矢子が真衣からの電話を切ると、同じソファに座っていた森川が、

「何かあったんですか？」

と訊いた。

「あ……。いえ、まあ、あったような、なかったような……」

と、亜矢子は言った。

「客室係がどうとか。――何だか危いことのように聞こえましたが」

亜矢子はちょっと迷ったが、森川は誠実な男のように思えた。自分の直感に従え、というのが、亜矢子のモットーでもある。

「実は、今の電話、安井さんの奥さんからだったんです」

「真衣さんですか。一度、安井さんのお宅に伺って、お会いしたことがあります。いい方ですね」

「ええ、本当に」

気をよくして、亜矢子が今の電話のことを話すと、

「それは何かの手掛りになるかもしれませんね」

と、森川は言った。「しかし、あなた一人じゃ危険だ。僕が一緒に行きましょう。もし構わなければ」

「それはまあ……」

「映画のヒーローほど強くありませんが、スタントマンなりに力はありますよ」

亜矢子は森川の口調に、自分の仕事へのプライドを持っている人間らしさを感じた。

「分りました。それじゃお願いします」

「良かった。では、時間と場所が分ったら――」

と、森川が言いかけたときだった。

「どうしたのかしら？」

パーティの会場から、女の叫び声や、男の怒鳴る声が聞こえて来たのだ。

「何かあったらしいな」

「ここにいて下さい！」

亜矢子は会場へと走った。

受付に立っているスーツ姿の女性たちはポカンとしているばかり。

亜矢子が駆けて行って、

「何の騒ぎ？」

と訊いたが、

「あ……。よく分んないけど、誰か酔っ払って、お皿か何か割ったみたいで……」

「早くホテルの人を呼んで！　けが人が出たら大変よ！」

そう言って、会場の中へ入って行くと、

「俺にできないことなんかないぞ！　本当だ！」

と、喚いている若い男……。

「あ、あいつ……」

と、亜矢子は目を丸くした。

空のグラスを手に、真赤な顔をして周りを見回しているのは、さっき納谷がスタントマンとして雇うと決めた、若い方の男だった。

何てったっけ？

「亜矢子さん！」

杉下文果が亜矢子を見て、駆け寄って来ると、「どうしましょう？　何とかして下さい！」

「どうしたっていうの？」

「いくら飲んでもタダだって分ったら、あの人、めちゃくちゃに飲んで、私が『いい加減にして』って注意したら、急に怒り出したんです」

「何てまあ……。困った奴ね」

「おい！　酒だ！　もっと持って来い！　ケチケチするんじゃねえ！」

みんな呆れて遠巻きにしている。

「あれじゃ、使いものにならないわよ」

と、亜矢子は言った。「納谷さんは？　あの人の言うことなら聞くかも」

「納谷さん、騒ぎが起ったら、さっさと逃げちゃいました」

「全く、もう！」

こんなこと、スクリプターの仕事の内に入らないぞ！　しかし、ともかく誰かが止めないと。

「あの人、何てったっけ？」

「え……。あ、長町です」

「そうか。忘れてた。――長町君じゃないの！」

亜矢子は声を張り上げて、大股に男の方へ歩み寄った。

「何だ？　――誰だ、お前？」

と、トロンとした目で亜矢子を見る。

「いやだ、忘れたの？　かつての恋人を」

「恋人？　――何だ、お前、女か。男かと思った」

「そんなに酔っ払っちゃ、私のこと抱けなくなるよ。さ、部屋に行こ」

「何だと？　何言ってやがる！　これくらいの酒でだめになる俺じゃねえや」

「頼もしいわね！　さ、早く行こうよ。待ち切れないのよ、私」

「そうか、そうか。よし、朝まで寝かせねえぞ！」

足下もふらつく有様で、亜矢子に腕を取られて、出口へと向う。客たちが左右へ分れて、道を空けた。

「お前……何て名だっけ？」

「いやね、名前も憶えてないの？」

「名は忘れても、一度抱いた体は憶えてるぞ」

と言うと、長町は亜矢子の胸をグイとつかんだ。

「ちょっと！　痛いわよ！」

「へへ……。うん、この弾力には覚えがある」

何とか会場から連れ出すと、

「あのね――」

と、亜矢子は長町をぐぐっと押しやって、「いい加減にしろ！」

と言うなり、拳《こぶし》を固めて、長町の顎《あご》へ叩きつけた。

長町は大の字になって引っくり返り、気を失ってしまった。

そこへ、ホテルのガードマンが二人、駆けつけて来る。

「運び出して下さい。表に放り出していいですから」

と、亜矢子は殴った右手を振りながら言った。「痛かった……」

「――亜矢子さん、ありがとう」

と、文果がやって来た。

「ありゃクビね。もう一人のスタントマンが、あそこのソファにいるわよ」

文果が森川の方へ行くと、会場から正木が出て来た。

「おい、亜矢子、いい見せ場だったぞ」

「監督、喜ばないで下さい」

と、亜矢子は顔をしかめて、「ホテルの人に言って、連れ出させりゃいいのに」

「いや、ああいう場面はなかなか見られん。演出の参考になる」

「調子いいんだから！」

「ところで、誰なんだ、あれ？」

正木は知らないんだ！　亜矢子が説明すると、

「ちっとも納谷と似てないじゃないか」

「どうしてかは知りませんよ。納谷さんに訊いて下さい」

「しかし、みごとなパンチだった。お前はアクションスターになれるかもしれんぞ」

「なりたくありません！」

と、亜矢子は言い返した。

「お前、本当にホテルの部屋を借りてたのか？」

「まさか。こんな高いホテル、泊れませんよ」

「そうだよな」

「スクリプターの手当を上げて下さい」

と、すかさず言った亜矢子だった。

しばらくロビーで待っていると、安井真衣から連絡があった。

「――分りました。ホテルSの駐車場で、夜中の零時ですね」

「亜矢子さんのことも説明してあります。すみません、こんなことまでお願いしてしまって」

「いいえ、大丈夫です。ちゃんとボディガードを連れて行きます」

「ボディガード？」

亜矢子が森川にケータイを渡すと、

「スタントマンの森川です。いつぞやはお邪魔して」

「ああ、森川さん！　亜矢子さんの彼氏なんですか？」

真衣の声が聞こえていた亜矢子は、

「違います！」

と、割って入った。

「亜矢子さんって面白い」

と、真衣は笑って、「主人が亡くなってから、笑うことを忘れてました。亜矢子さんのおかげで思い出しましたわ」

「ともかく、僕がついていますから」

と、森川は言った。

ホテルSに午前零時というと、大分時間が空く。

さすがに、もうパーティはお開きになって、最後まで残っていた人々がゾロゾロと出て来る。

貝原エリが、亜矢子を見付けてやって来ると、

「亜矢子さん！　先に帰っちゃったのかと思った」

「充分食べた？」

「もう……お腹が苦しくて」

「若いわね」

と、亜矢子は微笑んだ。

「亜矢子さんは？」

「そんなに食べてないけど、大丈夫。明日までは充分もつわ。帰りは大丈夫？　ちょっと用事があって、送ってあげられないけど」

「自分で帰れます！　ただ……」

と、エリが口ごもる。

「どうしたの？」

「いい、しめのラーメン、食べたいんです！」

亜矢子は危うく引っくり返るところだった。

すると、三人の背後で笑い声が聞こえた。

振り返ると、大和田が部下の男性を二人従えて、パーティ会場から出て来たところで、

「いや、お前たちは面白い。映画屋ってのは、みんなこんな風なのか？」

「昔のことは知りませんけど。何しろまだ若いんで」

と、亜矢子は言った。「ずいぶん遅くまでいらしたんですね」

「どうせ泊りだしな。何なら一緒に泊るか」

「私みたいな安月給でも、選ぶ権利はあります」

「言いたいことを言う奴だ。今、正木って奴の次の映画に五億円出資する約束をして来た」

「五億？　――毎度どうも」

と、つい頭を下げていた。

「車がある。その子がラーメンを食べたいんだろ。一緒に来い。旨《うま》い店を知ってる」

「東京のラーメン屋にも詳しいんですか？」

「チェーン店に半分出資してる」

色んなことをやってるんだ。——亜矢子は呆れた。

しかし、遠慮することもないか、というわけで、エリと森川と三人、大和田の車に乗って——大きなリムジンでラーメン屋へと向ったのである……。


さすがに味は悪くなかった。

亜矢子も、いざラーメン屋に入ると食べたくなって来て、チャーシューメンをきれいに平らげた。エリも、むろんスープ一滴残さない勢いだった。

「どこかへ行くのか、これから」

と、大和田が訊いた。

「あ、ホテルSに、森川さんと」

「何だ、そういう仲なのか」

「違います。殺された安井さんのことで、ちょっと」

「そうか。そういえばホテルSだったな」

と、大和田はお茶を一口飲んで、「――真衣の奴は元気にしてるか」

と言った。

「会いに行けばいいんですよ。あんな風にさらおうなんてしないで」

「あいつは会いたくないだろう」

「お孫さんの顔、見たくないんですか？」

大和田は、何だかふしぎな目で亜矢子を見ていたが、

「――そろそろ帰るか」

と、腰を上げて、「ホテルSまで送ってやろう。どうせ近くだ」

「あの――亜矢子さん」

と、エリが言った。「ここのラーメン代は……」

「俺のおごりだ、気にするな」

と、大和田が言うと、エリは、

「すみません！　ごちそうになります」

と、ピョコンと頭を下げて、「だったらもう一杯食べれば良かった！」

亜矢子は、笑う元気もなかった。

大和田は大笑いして、

「気に入った！　何て名だった？」

「貝原エリです」

「エリか。よし、今度このラーメンチェーンのＣＭに使ってやる」

「本当ですか！　社長に報告しときます！」

エリは飛び上らんばかりで、「ギャラ、いりませんから、毎日タダでラーメン食べさせて下さい！」

12　情報

「あと五分」

と、亜矢子は腕時計を見て言った。

ホテルＳの駐車場といっても、建物の地下になっているので、勝手に入っては行けない。

外で立っていると、晩秋の夜風は結構冷たかった。

「亜矢子さんは時間に厳しいそうですね」

と、森川が言った。「安井さんがよく言ってましたよ。『一分でも遅れて行くと、怒鳴られるんだ』って」

「オーバーですよ」

と、亜矢子は苦笑して、「でも、プロなら遅刻しちゃいけないと思うんです。スクリプターなんて、一分一秒の仕事ですから、余計にうるさいのかもしれませんけどね」

「しかし、そういう人が、映画の現場をしっかり動かしてるんですね」

「そうですね。まあ……平気で寝坊してくるスターとか、スケジュールが押しても平然と『もう一度』と言ってる監督に任せといたら、いつまでたっても、撮り終りませんよ」

「今度は一緒の現場ですね。よろしく」

森川は、酔っ払って暴れた長町の代りに、納谷のスタントをつとめることになったのである。

「こちらこそ。――あと一分」

駐車場の奥の方から足音が聞こえた。

車が下るスロープの傍にドアがあって、それが開くと、

「――亜矢子さん、ですか？」

と、顔を覗かせた女性がいる。

「そうです」

亜矢子は肯いて、森川を同僚と説明した。

「――入って下さい」

と、女性は言った。

水色の上っぱりを着た女性は、三橋邦子《みはしくにこ》といった。四十前後というところか。

廊下は、色々段ボールなどが置いてあって、ずいぶん狭くなっていた。

「こんなに物を置いて大丈夫なんですか」

と、亜矢子は言った。

「もちろん、消防署に見付かったら怒られます」

先に立って歩きながら、三橋邦子は言った。

「見付からないんですか？」

「それが、ふしぎと抜き打ち検査がある前の日には、『片付けろ』という指示があるんです」

「ちゃんと知らせてくれる親切な署員がいるんだな」

と、森川が苦笑する。

「でも、危いですね。万一のときに、逃げられなかったら……」

「私のような下《した》っ端《ぱ》が言えることじゃありませんから」

と、三橋邦子は言って、「こちらへ」

いつの間にか、ロビーに出ていた。

「で、お話って……」

と、亜矢子が言うと、

「事件のあったお部屋へご案内します」

「スイートルーム？」

「ええ、一泊三十万円です」

「凄い」

と、森川が目を丸くする。

「何日も使えなくて大変でした。やっと許可が下りたんです」

エレベーターで十五階へ上る。

「——静かね」

と、廊下を歩きながら、亜矢子は言った。

カーペットが足音を吸い取る。

「ここです」

と、三橋邦子が足を止めると、鎖の付いた鍵を取り出して、「マスターキーです」

両開きの堂々たるドアである。

「――どうぞ」

ドアを開けると、中へ入って明りを点けた。

「――まあ」

と、思わず亜矢子も声を上げた。「映画のセットみたい」

スクリプターとしては、最高のほめ言葉である。

「僕のアパートの何倍あるかな」

「三橋さん。――安井さんはどこで殺されていたんですか？」

「そのカーペット、新しいでしょう。血で汚れたので交換したんです」

リビングセットの下に敷いた分厚いカーペットだ。

「ベッドルームは？」

「あちらのドアです」

広々とした部屋と、キングサイズのベッド。

「あの夜、私は夜勤でした」

と、三橋邦子は言った。「この部屋はいつも使ってるわけじゃありません」

「そうでしょうね」

「それでも、大体月の半分くらいは、お泊りの方がおられます。その他に、ランクの下のスイートルームで、ダブルブッキングがあったときとかに、ここへ泊っていただくことがあります」

「ああ、なるほど」

「あの日は、夜になってから、ここを使うと連絡があったんです。珍しいので、やはりダブルブッキングかしらと思ったんですが、そうではありませんでした。夜の八時を回ったころに、お客様がみえて、この部屋に泊りたいと」

「この部屋を、と指定があったんですか？」

「一番高いスイートルームを、というご依頼だったそうです。それで、フロントから客室係の部屋に電話が入り……」

「〈1501〉ですか？」

と、三橋邦子は確かめた。

「そうなんだ」

と、フロントの男性は言った。「ただ、ちょっと気を付けて客を見てくれ」

「何か問題でも？」

「三十万、現金で払った」

普通、そんな特別のスイートに泊る客はクレジットカードで支払うものだ。

もちろん、現金で払ってはいけないわけではないのだが、カードを使わないというのは、身許《みもと》を知られたくないとか、記録を残したくない、といった理由があることが多い。

「分りました」

「もう入られてるから、タオルをお持ちしてくれ」

「はい」

タオルやバスローブなど、洗いたてのフカフカの状態のものをワゴンにのせて、十五階へと向った。

チャイムを鳴らして、

「客室係でございます」

と、声をかける。「タオルをお持ちしました」

分っていたのだろう、すぐにドアが開いた。

「中へお持ちしてよろしいでしょうか」

「どうぞ。ご苦労様」

あれ、と思った。役者さんだろうか？　スタイルも良く、魅力的な男性だ。

邦子は、バスルームへ入って、タオルを新しい物と交換し、歯ブラシセットなど、欠けている物がないか確かめた。

「お一人ですか？」

と訊くと、

「いや、後からもう一人。二人です」

と、男性はていねいに答えた。

こういう部屋に泊る客に多い、横柄《おうへい》な感じが全くなかった。

そのせいで、普段なら決して訊かないのだが、つい、

「失礼ですが、TVドラマとかにご出演を？」

と訊いていた。

相手はちょっと照れくさそうに、

「まあ、出てはいますが、大した役じゃありませんよ」

と笑った。

「でも、お顔に見覚えが。――申し訳ありません、余計なことを」

「いや、ありがとう」

と、男は言った。

そして、邦子が出て行こうとすると、

「あ、ちょっと」

と呼び止めた。

「はい、何かご希望の物が？」

と、邦子が訊くと、

「いや……。もし良かったら、ちょっと話し相手をしてもらえますか」

「は？」

「もちろん、あなたのお仕事じゃないのは分っています。ただ……もしお時間があれば、と思って」

「急ぐわけじゃありませんけど」

と、邦子は言った。「でも、私なんかでよろしいんですか？」

「むろんです！　何か飲み物でも」

「では、冷蔵庫のものでも」

と、邦子は言った。

——二人とも、アルコールというわけにもいかないので、ジンジャーエールを取り出して、リビングのソファで飲んだ。

そこで、邦子は彼が安井正夫といって、納谷達郎のスタントマンをつとめていることを聞いた。

「スタントでない、小さい役で、危いアクションがあると、一応役者として出ることもあります」

と、安井は言った。

「それで、お顔に見覚えがあったんですね」

と、邦子が言った。「納谷達郎って、見るからに動きが鈍いですものね。きっと運動神経が……」

「その通りです」

と、安井は微笑んで、「しかし、やはりスターらしい輝きがありますよ。あれは真似できるものではありません」

スターの悪口を言わないことは、立派だと思った。邦子も、このホテルに客室係として入って十五年以上になるが、色々と有名人を目にすることも多い。

もちろん、客のプライバシーを守るのはホテルの義務で、仲間同士でも、「誰それが泊ってた」とか「誰と会ってた」などと噂話をしてはいけないときつく言われている。

しかし、そこは人間、好奇心に負けて、つい「ここだけの話ね」と言いたくなることもある。邦子は話さないが、聞かされることはあって、それはその場限りで止めておく。

安井が、スターを悪く言ったりしないことで、仕事にプライドを持った人だと感じた。

「今日は、女性の誘いでしてね」

と、安井が言った。

「そうでしょうね。こんなお部屋に」

と、邦子は言った。「私なんかがお邪魔していてはいけないのでは？」

「いや、そんな話じゃないんです」

と、安井は言った。「色っぽい話ならお断りするところです。何しろ妻と、七歳の娘がいるので」

「まあ、それじゃ、どうしてこんな高いお部屋を？」

邦子が訊いて、安井が口を開きかけたとき、ケータイの鳴る音がして、安井は立ち上ると、

「もしもし」

と出ながら、ベッドルームの方へ入って行った。

「ベッドルームへ入られて、安井さんはドアを閉めてしまわれたので、どういう電話だったかは聞こえませんでした」

と、ホテルSの客室係、三橋邦子は言った。

「長く話してましたか?」

と、亜矢子は訊いた。

「そうですね……。十分くらいだったでしょうか」

と、邦子は言った。「私はもう失礼しようと思っていました。でも、勝手にいなくなるのも……」

やっとベッドルームのドアが開いて、安井が出て来たが、まだケータイで話していて、

「――うん、分った。その辺は笑ってとくから……。じゃ、また」

と切った。

「すっかり長居してしまって」

と、邦子は立ち上って、

「いや、僕の方こそ、引き止めてしまってすみません」

と、安井は言った。

「あの、このお代は――」

「とんでもない。僕が誘ったんですから」

と、安井は微笑んで、「どうもありがとう。付合っていただいて」

「いえ、こちらこそ」

邦子が出て行こうとすると、

「三橋さん、でしたね」

「はい」

「お話しできてよかった」

と、安井は言った。「あなたのことは忘れません」

真面目な口調だった。まさかそんなことを言われるとは思ってもいなかった邦子は

どぎまぎして、

「こちらこそ。すてきな思い出です」

と、あわてて一礼して、「失礼します」

と、スイートルームを出た。

ああ……。びっくりした。

もう四十になる邦子には小学生の子供もいる。見知らぬ男性からあんなことを言われるなんて！

数年前に夫と別れて、今は娘と二人暮し。男性と二人で、差し向いで飲物を口にしたことなど、仕事の打合せぐらいでしかないことだった。

「冷汗かいたわ」

と呟いて、邦子はエレベーターの方へと向った。

角を曲るとエレベーターだ。

そのとき、エレベーターの扉が開く、チーンという音がした。誰か上って来たのだろうか。

とっさに、邦子は廊下に飾られた鉢のかげに入った。

スイートルームの客は、人と会うのをいやがる人が多い。ホテルの客室係と面と向って会うのは不愉快かもしれない。

その女性客は、明らかに誰とも会いたがっていなかった。コートのえりを立て、ポケットに両手を入れ、頭にはネッカチーフをかぶっている。

顔は見えなかったが、おそらくサングラスをかけていただろう。

その女は〈1501〉の方へと急いで行った。――あれが安井さんの待っていた人だろうか。

「私には関係ないわ」

と、邦子は肩をすくめてエレベーターへと向った……。

「それだけのことなんですけど……」

と、三橋邦子は言った。「でも、まだ犯人の手掛りもないと伺ったので」

「今の話、警察には？」

と、亜矢子は訊いた。

「実は――していないんです」

「どうしてですか？」

「ホテルは、こういう事件に係ることを嫌います。安井さんが殺されて、警察へ連絡したとき、私、上司に話をして、『どうしましょうか?』と訊きました。上司は、『その程度の話じゃ、あってもなくても同じだ。黙ってろ』と……」

「ありそうな話だ」

と、森川が言った。

「でも——私、上司に話したのは、エレベーターから降りて来た女のことだけでした。その前、安井さんと二人で話をしたなんて、きっと上司は怒るに決っています。娘と二人の暮しで、今クビになるわけにも……」

「分ります」

と、亜矢子は肯いた。

「ただ、安井さんのことを思い出すと、何とか犯人を捕まえてほしいという気持になって。でも、今になって警察に話したら、どうして今まで黙っていたのかと叱られるでしょうし……」

亜矢子には、邦子の気持がよく分った。

四十歳で、娘を一人で育てている。今の仕事を失うことは、何より怖いだろう。

しかし、そんな事情を警察が考えてくれるかどうか。万一、事件に係ったと疑われて取り調べられたら、ホテル側はきっと邦子をさっさとクビにするだろう……。

「どうしたものでしょうか」

と、邦子はすがるような目で、亜矢子を見つめる。

そんなこと知りませんよ、と言える亜矢子ではない。

「分りました」

と、しっかり肯くと、「任せて下さい。決してあなたの名を出すようなことはしませんから」

「本当ですか？　でも……」

「私も一流のスクリプターです。自分が口にしたことは必ず守ります」

スクリプターとそれとどう関係があるのか、亜矢子自身もよく分っていなかったが、ともかくそう断言してしまったのだ。

「でも、犯人を捕まえるためには……」

「ご心配なく。私が犯人を突き止めてみせます！」

亜矢子は大見得《おおみえ》を切った。

「しかし、面白い人だな、あなたは」

ホテルSを出ると、森川はこらえ切れなくなった様子で笑い出した。

「馬鹿にしてます?」

「いや、感心してるんです」

「感心して笑います?」

「そうせざるを得ないこともありますよ」

と、森川は首を振って、「スクリプターさんが探偵までやるとは知りませんでした」

「もちろん、本来の仕事じゃありません。でも……」

と、亜矢子は少しためらって、「現場がスムーズに行くように努力するのが、スクリプターの役目ですから」

「しかし――」

「そういうことにしておいて下さい」

「分りました」

と、森川は言った。「スタントマンでなくても、映画に命をかけてる人がいるんですね」

「手当、出ませんけど」

と、亜矢子は言った。

「――しかし、安井さんを殺すなんて、誰がそんな……」

「ともかく、その謎の女と、安井さんがケータイで話してたのは別の相手でしょうね。すぐやって来る女性に言うことじゃないです」

「まあ、確かに」

「それに、ケータイで話してた相手は同じ業界の人ですね」

「というと？」

「安井さん、『その辺は笑っとくから』と言ってたんでしょう」

「ああ、なるほど」

業界の言葉で「笑う」とは、邪魔なものを片付ける、という意味である。

「それに……」

と、亜矢子が言いかける。

「何です？」

「ケータイにかかって来たとき、わざわざベッドルームへ入って行ったのに、今度は話しながら出て来たって、おかしくないですか？」

「相手が別だと？」

「ええ。かかって来た相手との話を終えて、安井さんから誰かにかけてたんじゃないでしょうか」

「そうですね」

「でも——どっちにしても、相手が誰か分りませんね」

と、亜矢子は言った。

「しかし、犯人を突き止めるんでしょ？」

「その気持だけはあります」

と、亜矢子は言うと、「ともかく、今夜は犯人捕まえられそうもないので、帰りますけど」

それを聞いて、森川がまた笑った。

13　弟子

「ゆうべはすみませんでした」

と、会うなり安井真衣が言った。

「え？　あ、いえ」

と、亜矢子の方があわてて、「こっちこそ、いい加減な説明しかしなくて」

「いいえ、本当なら私が行かなきゃいけなかったんです」

と、真衣は言った。

あの客室係、三橋邦子との話の中身を、亜矢子はまだ真衣にちゃんと伝えていなかった。ゆうべは夜中になったたし、真衣のところには七歳の沙也がいる。

電話するのにためらいがあったし、やはり会って直《じか》に伝えた方がいいと思ったのだ。

メールで、簡単なことは伝えておいたが、やはり直接話さないと……。

「今日、お昼は少し余裕あると思うわ」

と、亜矢子は言った。「そのときに、二人でゆっくり話しましょ」

「はい、お願いします」

撮影所の朝は静かだ。

始まるのは少し遅い。――もし朝早く働いていたら、それはゆうべからの仕事が終っていないということだ。

「沙也ちゃんは大丈夫？」

と、スタジオの方へ一緒に歩きながら、「一年生だっけ？　帰り、早いでしょ」

「でも、大丈夫です。学童保育所があって……」

「いい所が見付かったの？」

「ええ、うちのすぐ近くに新しくできたんです。ラッキーでした」

「助かるわね」

自分は子供がいないから、実感としてはもう一つだが、スクリプターは決った時間に帰れる職業ではない。学童保育所の方でも、その事情を分ってくれればいいのだが、そこまで求めても無理だろう。

「――あ、亜矢子ちゃん」

と呼び止めたのは、チーフ助監督の葛西だった。

「おはようございます。何か？」

と、亜矢子は訊いた。

「今、スタッフルームに行ったら、これが置いてあった」

葛西が手渡したのはどこかの地図のコピーで、その一ヵ所に赤ペンで丸がしてある。そして正木の走り書きで、

（倉庫街のシーンのロケに、ここがいいという奴がいた。亜矢子に見に行かせてくれ）

そして、（スクリプターは代りがいるから大丈夫だ）と付け加えてあった。

「何で私が……」

と、亜矢子はむくれたが、「監督はまだ来ないでしょ？」

「十一時だと連絡があったそうだ」

「どうせ寝てるわね」

亜矢子はため息をついて、「いいわ、それじゃ行ってくる」

「悪いな。今日はエキストラが大勢出るシーンだろ。僕がいないと……」

「いいわよ。でも、これってどこ？」

横浜港《よこはま》の近くらしいということは分った。

「じゃ、行ってみるけど、私の判断で決めちゃっていいの？」

「監督は亜矢子ちゃんを信頼してるからな」

亜矢子も、そう言われるとついニコニコしてしまうから人が好《い》い。

「じゃあ……。真衣さん、もし私が戻らなかったら、代りを頼むわ」

と、亜矢子が言うと、

「亜矢子さん……。そんな縁起でもないこと言わないで下さい」

と、真衣は真顔で言った。

「え？」

「もし戻らなかったら、なんて。そんな危い所なんですか？」

「真衣さん！　今日ってことよ。ずっと戻らないわけじゃないわ」

「ああ、それなら良かった！」

さすが大金持のお嬢さんで、とんでもないことを考えるもんだ。

亜矢子は撮影所の車を借りることにした。

横浜までは結構かかるだろう。

キーを借りて駐車場にある車へと足早に向うと、

「あ、亜矢子さん」

近くの車から降りて来たのは水原アリサだった。

「ゆうべはお疲れさまでした」

と、亜矢子が言うと、

「いいえ！　私、凄く嬉しかったわ！」

と、アリサはまだ興奮している様子で、「泉涼子さんとゆっくりお話しできて、幸せでした！」

「あの後もお話が弾んで？」

「ええ、気が付いたら、三時間もたっていました」

「まあ……」

ともかく、これでアリサと正木の妻、涼子が戦いをくり広げることはなさそうだ。

亜矢子も安心していた。

「亜矢子さん、お出かけ？」

「ええ、ちょっとロケハンに」

「まあ。スクリプターって、そんなことまでやるの？」

「普通はしません。私、正木監督には雑用係だと思われてるんですよ」

「それにしても……大変ねえ」

「アリサさん、ずいぶん早いんですね」

「私、あわてんぼだから、起きる時間、間違えちゃったの」

と、アリサは照れたように笑って、「どうせ眠れないから、セリフの稽古でもしとこうと思って」

「ご苦労様です」

と、亜矢子は言った。

もったいない！　私なら、二度寝でも三度寝でもするのに、と亜矢子は思った……。

全く、もう……。

亜矢子は、撮影所の車を借りて来たことを何度も後悔していた。

古い車で、カーナビが付いてない！

ドアのポケットに入っているロードマップを見ても、何年も前のもので、全然変っている。

「どこなの、一体？」

コピーの、よく見えない地図を頼りに走っているのだから大変だ。

港の近くだということは分る。——古い倉庫が並んでる？　そんな映画みたいな場所、ある？　（というのも変だが）

「あ……この辺かな？」

それでも、辺りが大分さびれて、少し近そうな雰囲気になって来た。

あまり人も車も見当らない、と思っていると、道端《みちばた》にトラックが停っていて、ドライバーの男がタバコをふかしていた。

亜矢子は車を停めて、

「あの、すみません」

と、声をかけた。

「ああ、何だい？」

「ちょっと道を訊きたいんですけど」

亜矢子は車を降りると、地図を手に、トラックの方へと歩いて行った。

「ここなんですけど……」

と、地図を見せて、「コピーで、よく見えないんで……」

いささか気がひけて、言いわけしながら、である。

中年のドライバーは、ちょっと眉を寄せて地図を見ていたが、

「ああ、ここか」

「え？　分ります？」

「うん。これからちょうど行くとこだよ」

「そうなんですか！　すみません、連れてって下さい」

「ああ、いいよ。ちょっと待ってくれ」

すっかり禿げているが、そう年齢をとってもいないようだ。トラックは大型だったが、亜矢子の車に劣らず古そうだ。

男はタバコを投げ捨てると、

「後からついて来な」

と言ってトラックへ乗り込んだ。

「ありがとう！　助かります！」

亜矢子は急いで自分の車へと戻った。

トラックはかなり荷を積んでいるようで、重そうに動き出した。亜矢子はあわててエンジンをかける。
五、六分走ると、トラックは細い道へとぎりぎりで左折した。そこから右へ左へ、何度か曲って——。
「この辺ね……」

古くて使われなくなった倉庫が両側に並んでいる。トラックがぐいと曲って、それについて行くと、正面は海だった。

港の外れというのか、桟橋《さんばし》からは大分離れている。

トラックは岸壁《がんぺき》に沿って進むと、倉庫の間の道へとカーブした。

でも、こんな使ってない倉庫に、あのトラック、何を運んでるんだろう？

ともかく、この辺でいいか、と思ったが、ついて来いと言われていたので、トラックについてカーブすると、クラクションを鳴らした。トラックが停る。

亜矢子は車を降りると、駆けて行って、

「ありがとうございました。この辺でいいと思うんで」

と、声をかけた。

「そうか。ま、達者でな」

「どうも」

と会釈して、車に戻り、バックしようとした。

そのとたん――トラックが一気にバックして来て、亜矢子の車にぶつかったのだ。

「キャッ！」

運転席から飛び上ってしまった亜矢子は、助手席の方へ引っくり返ってしまった。

トラックがぐんぐん車を押している！

このまま行けば岸壁から海へ落ちる！

「何すんのよ！」

必死で起き上ったものの、車の重量が違う。トラックは軽々と亜矢子の車を海に向って押して行く。

「あ……」

ドアを開ける間もない。

亜矢子の車は岸壁から押し出され、後部から海へと突っ込んでいたのである。

たちまち、車は沈み始めた。

「どうなってんの！」

と叫んでも、むろん返事はない。

車体が二、三度波に揺れたかと思うと、一気に海中へ。

ドアを……ドアを開けなきゃ！

しかし、水圧でドアはびくともしない。

足下から一気に水が入って来た。——このままじゃ、溺《おぼ》れる！

窓……。窓を割って……。

車の中が水で一杯になれば、ドアが開けられるとかいうけど、それまで溺れないでいられるか？

胸まで水が来ると、その冷たさに体がしびれる。

こんな……こんな死に方って、ひどいじゃないの！

一瞬、亜矢子は、撮影所から出かけるときに、真衣が「縁起でもない」と言ったのを思い出した。

真衣さんが、スクリプターの地位を狙って私を亡き者にしようとした？　そんな馬鹿な！

スクリプターの地位なんて、狙うに値するほどのものじゃない！

海は深く、車はどんどん沈んで行った……。

「何だ？　まだ戻って来ないのか！」

と、正木が不機嫌な声を上げた。「一体どこをうろついてるんだ？」

「ケータイにかけましたが、つながらないんです」

と、葛西が言った。

「せっかく、こっちが順調なのに……」

と、正木はしかめっつらで、「照明はどうなってる？」

「あと二、三十分あれば……」

スタジオのセットでの撮影だが、五十人近いエキストラを使う。その動きを一人ずつつけて、お昼を挟んだら何時間もかかってしまった。

それも何とか一段落して、ライティングの調整に入っていた。

カメラの市原も移動のタイミングを何度も確認していた。

ところが――亜矢子がいない。

真衣が代りといっても、役者二、三人の芝居ならともかく、エキストラ五十人となると、スクリプターの仕事も大変なので、真衣にはとてもつとまらないのだ。

「亜矢子の奴……」

と、正木がグチっていると、ケータイが鳴った。「――もしもし」

「監督！」

と、喘《あえ》ぎながらの声が言った。

「亜矢子か？　お前、何やってるんだ？　エキストラ五十人、待機してるんだぞ！」

と、正木は怒鳴った。「――何だ？　――殺されかけた？」

「トラックに車ごと海へ落とされたんです。溺れ死ぬところでした！」

と、亜矢子は言った。「今、救急車で病院へ……」

「そうか」

正木はちょっとセットの方へ目をやると、「で、どれくらいでこっちへ来れる？」


「よし、そうだ！　勢いよく走れ」

正木の声が響く。

五十人のエキストラが、大通りのセットの中をワーッと声を上げながら走る。

大きな事故があって、パニックになった人々が逃げ出すというシーン。

出演するエキストラも、ただ走ればいいのではなく、恐怖に怯《おび》えている感じを出さなければならないので、素人ではつとまらない。ある程度キャリアのあるプロでなくてはいけないのだ。

そういうトラを五十人集めるのは容易なことではない。チーフ助監督の葛西の力である。

「――いいぞ！　転んでもいい！　立ってまた走れ！」

数人が他の人にぶつかって転んだりしたが、却《かえ》ってリアルな感じが出た。

約一分のカット。――スタジオの壁にぶつかりそうになるくらいまで行って、やっと、

「カット！」

の声がかかった。

正木はカメラの市原と録音の大村の方へ目をやった。市原はクールにただ肯くだけ。大村は、

「よく同録でやりましたね」

と言った。

「俺の声が入ってるか？」

と、正木がしまった、という顔になる。

同録——つまりカメラが回ると同時に録音することだ。

「大丈夫です」

と、大村が言った。「マイクから遠いんで、全く聞こえません」

「よし！　じゃ、ＯＫ！」

正木の言葉に喜んで拍手するエキストラたち。何度くり返しても、できないこともあるが、周到な準備ができていればこうして一回でＯＫが出ることもあるのだ。

「葛西さん」

と、亜矢子は言った。「エキストラの四番の方、足首いためてしまったようです。手当してあげて」

「分った」

と、葛西は言って、「君こそ死にかけたって？」

「ええ。海へ落とされてね。私、一体何をしたっていうんだろ」

亜矢子は一人一人のエキストラの動きを見て、不自然な動きで目立つ者がいないか、チェックしているのだ。

「君は大丈夫なの？」

「本当なら入院ですよ」

と、ジロッと正木の方を見た。

正木には聞こえているはずだが、聞こえないふりをしている。

亜矢子はかなり頭に来ていた。

「何とか済んだな」

と、正木が当り前のような口調で言うので、

「そうですね」

と、わざと冷たく、「ついでに私も用済みってことで。私、今日限りでこの組から降ろさせていただきます」

「おい、亜矢子……。そう怒るな。今からでも救急車を呼ぼうか？」

「そんなみっともないこと、できますか！」

と、亜矢子はムッとして、「私を人間だと思ってないでしょ！」

「いや、人間の女だってことは分ってる」

と、正木は言った。「な、この撮影が終ったら、温泉に連れてってやる。二人で露天風呂にのんびり浸《つか》ろう」

「私がどうして監督と二人で温泉に浸らなきゃいけないんですか？」

亜矢子はますますカッカして、「そんなこと、人が聞いたら私と監督の仲を誤解するじゃありませんか！」

「うん。何なら俺の愛人になるか？」

「ごめんです！」

亜矢子は腹を立てるのにも疲れて、「次のカット、今日中に撮るんですか？」

と訊いた。

「ああ、やっちまおうか。——しかし、誰がお前を殺そうとするんだ？」

「こっちが訊きたいです。大体、あのメモが——」

「待て。そんな物、俺は知らんと言っただろう」

「でも、あの下手な字は監督のですよ」

「誰かが真似したんだろう。俺がたとえ殺人犯でも、撮影のスケジュールを狂わせるようなことはしない」

亜矢子も、その正木の言葉には納得してしまうのだった……。

「——亜矢子さん、大丈夫ですか？」

と、心配してくれているのは安井真衣だった。

「ええ。私って不死身なの」

と、やけ気味の冗談を言ってしまう亜矢子だった。

「車ごと海へ落とされたって……」

「ええ。でも、撮影所の車が古くてボロなもんだからね、窓が手動で下りるようになってたの。それで窓から抜け出せた」

「そんな危いことを……」

しかし、あのメモが正木の書いたものでなかったら、一体誰が？

正木のくせのある字を知っている人間ということだ。

といっても肝心のメモは海の中だ。

「亜矢子さん、気を付けて下さいね」

と、真衣が言った。

「ありがとう。真衣さんだけだわ、心配してくれるの」

「だって、スクリプターの仕事、まだちゃんと憶えてないんですもの。私が一人前になるまで、死なないで下さいね！」

何を心配してくれてるんだ？

亜矢子は何も言う気がなくなった。

しかも――。

「おい、亜矢子ちゃん」

と、撮影所のスタッフに呼び止められて、「うちの車が海に落ちたって？　どうしてくれるんだ？　弁償してくれるのかい？」

とまで言われてしまった。

「正木さんに請求して下さい！」

と、亜矢子は言ってやった……。

14　探偵業

やはり、ただではすまなかった。

そりゃそうだろう。何しろ殺人未遂だ。

いくら被害者が「忙しくて、届けるひまがありません」と言ったところで……。

「そういうわけにはいかないんですよ」

と、不機嫌な顔をしているのは、倉田刑事である。「こっちとしては、ちゃんと調べる必要があるんです」

「それは分ってますけど……」

亜矢子は言葉を濁《にご》した。

「いいですか。あなたは車を運転していて、トラックに車ごと海の中に落とされた。そして危うく溺れ死ぬところだったんですよ」

「そんなこと、言われなくたって分ってますよ。死にかけたのは私なんですから」

「だったら、もっと捜査に協力して下さい」

「してますよ。でも、私には仕事があって――」

「死んだら仕事もできないでしょ！」

倉田刑事が心配してくれていることは、よく分った。ありがたかった。しかし、今日も映画の撮影は続いている。

「知っていることはお話ししました」

と、亜矢子は言った。「まさか殺されかけるなんて思ってないんですから、どんなトラックだったか、とか、トラックのナンバーとか、運転手の顔とか……。いちいち見ていませんよ」

渋い顔の倉田と、仏頂面《ぶっちょうづら》の亜矢子は、しばし黙っていたが……。

やがて、二人はどっちからともなく、笑い出してしまった。

「――全く、困った人ですね」

「お互い様でしょ」

警察の取調室というわけではなかった。

二人でコーヒーショップに入って、カプチーノなど飲んでいた。

「しかし、安井正夫さんが殺されたことと、何か関係があるんでしょうかね」

と、倉田は言った。

「それを調べるのが、お仕事でしょ」

「そう言われると……」

亜矢子の方にも、ホテルSの客室係、三橋邦子の話を倉田に黙っている後ろめたさがある。

しかも、邦子に向って、

「私が犯人を見付けます！」

などと大見得を切ったのだから、自分でも困ったもんだ、と思った。

やはり倉田には三橋邦子のことを話そうか？　いや――もし話せば、倉田としては邦子から話を聞かざるを得ない。

そうなれば、邦子が今の職を失うかもしれない。

だめだ。約束したんだ。私は何があっても自分の手で犯人を……。

「一体どうしようっていうんです？」

と、倉田は訊いた。「自分で犯人を捕まえるつもりですか？」

亜矢子はドキリとした。しかし、気持を顔に出さないのは、スクリプターとしての経験から訓練されている。

「いいえ。私は素人ですから、倉田さんが、きっと犯人を見付けてくれると信じてますわ」

言っている自分が少々恥ずかしかった。

「――そう来ましたか」

と、倉田はため息をつくと、「では、一体誰があなたを殺す動機を持ってるんです？」

「それが……ふしぎなんです」

これは本当である。「私、人に恨まれる覚えなんて、これっぽっちも……」

「でも現に殺されかけてるんですよ」

と、倉田は言った。「しかも、有田由美さんが刺された事件もある。何の覚えもない、普通の人が、こんな危い目にあったりしますか？」

「お説、ごもっとも」

つい、映画のセリフみたいになってしまう。

「あ、ごめんなさい」

ケータイが鳴ったのである。

席を立って、店の外に出る。

「もしもし？」

「貴様！　覚えてろよ！」

いきなり怒鳴られて、亜矢子は唖然とした。

「何よ、一体？　かけ間違いじゃないの？」

「あっちこっち亜矢子っていうんだろ」

「ただの東風！　あんた誰？」

「とぼけるな！　長町だ！」

「長町？　そんな人、知らないわ」

「俺はちゃんと知ってるんだぞ！　お前が俺を誘惑して、酔っ払わせたってことを」

「待って。――あんた、納谷さんのスタントマンに……」

「そうとも、スタントマンは俺に決ってたんだ。それをお前のおかげで――」

「馬鹿言わないでよ！」

と、亜矢子は言い返した。「あんたが勝手に酔っ払ったのよ」

「何言ってやがる。お前が俺を連れ出して、しかも暴力をふるったって分ってるんだ」

「勝手にほざいてなさい」

と、亜矢子は言った。「あのパーティに出てた人、誰にでも聞いてみるといいわ。あんたが酔って騒いでたのよ」

「ごまかされやしないぞ。覚えてろよ！　ただじゃすまないからな」

と、長町は言って、切ってしまった。

「何よ、頭に来る奴！」

カッカしながら店の中へ戻ると、

「どうしたんです？　そんな怖い顔して」

「怖い顔？　もともとこういう顔です」

亜矢子は事情を説明した。

「――なるほど」

と、倉田は肯いた。

「ね？　ふざけた奴でしょ？」

「まあ、確かに。しかし、あなたには、少なくともまた一人、敵ができたわけですね」

そう言われると、亜矢子も言い返せなかった。

「――自分じゃ、人の恨みを買ってる覚えはないと思っても、そうして恨まれてるってことがあるんです」

倉田の言葉に、亜矢子も渋々、

「まあ……そうですね」

と肯かざるを得なかった。

午後から撮影所に行くと、何だか妙な雰囲気だった。

撮影がストップしていて、カメラマンの市原や照明の本田が退屈そうにしている。

また何かあったのね。――いつものことながら、映画の撮影が問題なくスムーズに進むなんてことはないのである。

「――市原さん、どうしたの?」

と、亜矢子が声をかけると、

「やあ、来たのか。スタッフルームへ行けよ。監督が待ってるぜ」

「え？　私、何かした？」

「そうじゃないけど……。ま、行きゃ分るよ」

何だか分らないが、ともかく難題らしいということは分って、亜矢子はスタッフルームへと急いだ。

「――失礼します」

と、ドアを開けると、

「来たか！　亜矢子、お前を待ってたんだ」

と、正木が言った。

「私が何か……」

「いや、やっぱりお前がいないと、撮影はうまく進まない、と今も話してたところだ。――なあ、葛西」

一緒にいる葛西が黙って肯く。他にスタッフはいないので、どうやら段どりの問題かな、と思って、

「何のトラブルですか？」

と訊いた。

「実はな……」

と、正木はテーブルの上のシナリオをパラパラめくって、「配給のT社から、今になって注文がついた」

「シナリオ、直すんですか?」

「それは何とかなる。俺がやってもいい。ただ——このラストじゃ、今一つ盛り上らないと言って来たんだ」

「盛り上らないって……。どうしろっていうんですか?」

「ヒロインが危うく命を落としそうになって、そこを恋人が救う。ラストシーンに、サスペンスが欲しい、と言ってる」

「そんな……。〈闇が泣いてる〉はサスペンス映画でもアクション映画でもないじゃありませんか」

「それは俺だってよく分ってる」

と、正木が肯いて、「しかしな、T社の配給する上映館数が、それで倍も違うというんだ」

亜矢子としては、あまりに正木らしくない言葉に啞然としていた。自分の作るものにプライドを持っている正木が、配給会社の言うことに気をつかうとは……。

チラッと葛西を見ると、スッと目をそらしてしまう。

そのとき、亜矢子にも分った。

水原アリサのためなのだ。

もともと、水原アリサが主演女優としては「地味過ぎる」と言われていたことは、亜矢子も知っている。正木は反対の声を押し切って、アリサを起用した。

これで興行的に失敗すれば、アリサの今後に影響することは避けられない。

正木としては、自分の意図を曲げても、アリサのためにT社の要求を呑もう、ということなのだろう。しかし……。

「でも、監督、そんなことで、妙に結末が浮いちゃったら、却って逆効果じゃないんですか？」

と、亜矢子は言った。

「それは……俺の考えることだ」

正木は難しい顔で言った。

亜矢子は、正木だってそんなことは分っているのだと察した。正木も辛いだろう。

「――分りました」

と、亜矢子は肯いた。

正木の表情がパッと明るくなると、

「分ってくれるか！　いや、それでこそ俺の女房役だ！」

「別にそういうことじゃ……」

と、亜矢子は肩をすくめて、「で、スケジュール、どうします？」

「うん、できるだけ動かしたくない。納谷のスケジュールが詰ってるからな」

「それはそうですけど……」

「そこで、今、葛西と相談したんだが、この次の撮休の日に、追加シーンを撮ることにする」

「そんなに急に？　シナリオ、これからなんでしょ？」

「アクションシーンの撮影だ。セリフは後からでもいい」

「アクションって、何をやるんですか？」

「アリサをひそかに慕ってる学生がいただろう。あの役をふくらませて、アリサのことを思い詰めるあまり、彼女と無理心中しようとする」

「大変ですね。どういう風に？」

「湖畔のラストシーンの前に、付近の崖《がけ》から落ちそうになるシーンを入れる。学生に突き落とされたアリサが、危うく木の枝につかまって、学生だけが崖から落ちていくんだ」

「そこへ、納谷さんが駆けつけるんですか？」

「そういうことだ。二人がしっかり抱き合ってエンド、だ」

「湖畔のシーンは？」

「エピローグ風に、セリフなしで加える。何とか時間は収まるだろう」

「どこかカットしないと……。決めて下さいね」

「ああ、今夜考える」

亜矢子は手早くメモしたが、

「それより、監督」

「何だ？」

「そんな危い場面、アリサさんにやらせるんですか？　もちろん、アップでつないでごまかせるでしょうが……」

「いや、やはり実際に木の枝にぶら下《さが》っているカットは必要だ。ごまかせばサスペンスは半減する」

「だけど……」

亜矢子は目を丸くして、「アリサさんにできますか？」

「主演女優だぞ。万一けがでもしたら大変だ」

「じゃ、スタントですね。でも、アリサさんの代りといったら……。女性のスタントは、なかなかいませんよ」

「分ってる」

と、正木は肯いた。

「じゃ、誰かあてがあるんですか？」

「まあな」

と、正木は言って、「亜矢子、お前は、俺のことを一番よく分ってくれている」

「はあ……」

「映画のために、すべてを投げうって働いてくれる。俺がどんなにお前に感謝しているか――」

「待って下さい！」

亜矢子にも分った。「私が？　私にそんな危いことをやれって言うんですか？」

「命令はできん。お願いしているんだ」

そんなお願いの仕方ってありますか！

亜矢子は頭に来ながら、結局自分が引き受けてしまうだろうと分っていた……。

「全くもう……」

亜矢子は口を尖らして、「車ごと海へ突き落とされたと思ったら、今度は崖からぶら下れ、ですって？　人のことを何だと思ってるのよ！」

チーフ助監督の葛西が笑って、

「だったら、断りゃいいじゃないか」

と、からかった。

「葛西さん」

亜矢子はジロッとにらんで、「私が断れないって知ってて、そんな危いことをやれって言って来るなんて……。監督はずるい！」

「まあね」

「もしかして……葛西さんも監督をたきつけたんじゃないんですか？」

「まさか。——そりゃ相談はされたよ」

「何て言ったんですか？」

「うん……。『アリサが万一けがでもすると困るから、亜矢子にやらせようかと思うが、どうだろう？』って」

「監督が、じゃなくて、葛西さんがどう言ったのか、訊いてるんです」

「うん、まあ……『本人次第じゃないですか』と言ったような、言わないような……」

と、とぼけている。

「もういいです」

と、亜矢子はやけ気味に、「みんな、私なら死んでも困らない、ぐらいに思ってるんですよね」

それは確かだが。

——昼休み、食堂でカレーを食べながら、亜矢子は文句を言っているところである。

「大丈夫さ。監督だって、君のことは大事だと思ってる」

「犬か猫並みにはね」

と言って、「でも——ペットに、そんな危いことはやらせないですよね！」

そこへ、

「あ、ここにいたんだ！」

と、やって来たのは貝原エリだった。

「あら、エリちゃん」

亜矢子は、エリの明るい笑顔を見るとホッとする。「カレー、どう？　おごるわよ」

「あ、私、今スパゲッティ、食べて来ちゃった」

と、エリは言ったが、「でも、やっぱり食べようかな、カレー」

若さというものか……。エリはカレーもアッという間に平らげてしまった。

「エリちゃん、何か用があって来たの？」

と、亜矢子が訊くと、

「え？」

と、少し考えて、「あ、そうだ。亜矢子さんが殺されかけたって聞いたんで、びっくりして。大丈夫……そうですね」

亜矢子は呆れるよりもふき出してしまった。

「ちゃんと足、ついてるでしょ」

「何があったんですか？」

亜矢子がザッと説明してやると、エリは目を丸くして、

「凄い！　亜矢子さん、ジェームズ・ボンドみたいですね」

「ボンドは、ちゃんと高いお給料もらってると思うわよ」

と、亜矢子は訂正した。「おまけに、崖からぶら下れと来た」

「それって、本物ですか？」

「スタントよ、主役の代り」

水原アリサの代りだと話すと、

「大変ですね」

「ね？　どう？　あなた、代りにやってくれる？」

「いいですよ」

と、エリがあっさり言った。

「え？　――本当？」

「私、体操、得意だったんで。鉄棒の要領ですよね」

「まあね……」

「大車輪とか、やるんですか？」

「まさか」

エリにやらせる？　――もちろん、亜矢子としては助かる。しかし、万一事故があったら……。

「ありがたいけど……。エリちゃんに何かあったら、申し訳ないから」

「大丈夫ですよ。それとも――亜矢子さんの命を狙って、枝に折れるように細工でもしてあるんですか？」

「そんなこと……」

と笑いかけたが、「――まさか」

と、真顔で考え込んだ。

葛西が呆れたように、

「おい、そんなに人から恨まれてるのか、君は」

と言った。

15　危険な遊び

ロケ、しかも都心から遠くとなると、朝が早い。

目覚し時計は午前五時半にセットされていたが――。

ベッドサイドのケータイが鳴り出して目が覚めた。午前五時十五分だ。

「――はい」

トロンとした目で出ると、

「お、いたか」

正木である。

「何ですか、『いたか』って?」

「どこかへ逃げ出してないかと思ってな」

と、わざとらしく笑って、「バスは六時半だぞ」

「分ってます。逃げも隠れもしませんよ」

「さすがはスクリプターの鑑《かがみ》! しっかり頼むぞ」

正木は上機嫌に言って切った。

「あーあ……」

大欠伸しながら、「そのスクリプターの鑑にスタントやらそうってんだから、勝手なもんだわ」

と呟いた。

そして気が付いた。監督ったら、ケータイへかけて来たら、私がどこにいるか分りゃしないじゃないの。

「いたか」って言って、もしロサンゼルスにでもいたら、どうするつもり?

もちろん、亜矢子は自分のマンションにいたのである。

「――ん?」

ここ、私の部屋よね。――そう思ったのは、どこからともなく、ミソ汁の匂いが漂っていたからで……。

パジャマのままで起き出すと、

「起きたの？」

何と、母、茜が台所に立っている。

「お母さん……。いつ来たの？」

「ゆうべよ。あんた、グーグーいびきかいて寝てたから、起さなかった」

と、茜は言って、「さ、顔洗ってらっしゃい。朝ご飯、しっかり食べないと」

「でも……何でお母さん、わざわざ来たの？」

「今日はあんたが命がけの撮影に出演するんでしょ？　だから応援に来たのよ」

亜矢子は唖然として、

「そんなこと、誰に聞いたの？」

「正木さんって監督さんからよ。『娘さんの晴れ舞台だから、ぜひ見に来て下さい』って」

スタントやるのが、どうして「晴れ舞台」だ！

亜矢子はムッとした。

ま、それでも母の作った朝ご飯を久しぶりに食べられるのは嬉しい。

手早く身仕度して、テーブルについた。

「一緒に食べましょ」

と、茜がご飯をよそってくれる。

「ありがと」

せっせと食べながら、「――でもね、私、スタントやるのよ。聞いてる？」

「ええ。何とかいう女優さんの代りでしょ」

「水原アリサ。今撮ってる映画の主役」

「主役の代りなんて、凄いじゃないの」

「お母さん。――スタントって、意味分ってる？」

つい、そう訊いてしまう亜矢子だった。

ともかく、分っているような、いないような……。

「私、ロケバスの集合場所まで行かなきゃ」

と、亜矢子がバッグを肩にかける。

ケータイが鳴って、また正木からかかって来た。

「――はい、もう家出るところです」

と言うと、

「いや、送ってもらうんだろ？　向うで会おう」

「え？」

切れてしまった。——茜の方へ、

「お母さん、私のこと、送るって言ったの？」

「私じゃないわよ」

「でも、監督が——」

「表に車が来てるはずよ」

「車？」

「私も一緒に行くわ」

わけが分らないままに、母と二人で部屋を出る。

そして、表に出ると——。

「時間通りだな」

長い車体のリムジンが停っていて、それによりかかって立っているのは、何と大和田広吉だった。

「大和田さん！　何してるんですか？」

と、亜矢子が目を丸くする。

「お前を送ってやるんだ」

「でも――どうして？」

「お袋さんから聞いた。『晴れ舞台』だってな」

「やめて下さい……」

しかし、ともかく送ってもらうしかない。

リムジンの、向い合せのゆったりした座席に落ちつくと、車は滑るように滑らかに走り出した。

「行先も分ってる」

と、大和田は言った。

「ヘリコプターでも使うのかと思いました」

と、亜矢子は言った。

「ところで、何をやるんだ？」

いい加減くたびれていたが、

「主演の水原アリサさんのスタントです」

「ふーん。脱ぐのか」

「脱ぎませんよ！」

と、目をむいて、「そんなの期待して来たんですか？　それに、私が脱いだって、誰も喜びません」

「俺は喜ぶ」

「そうですか」

「返事は今でなくていい」

亜矢子は面食らって、

「――返事？」

「俺のプロポーズの、だ」

「プロ……」

啞然として、「いつプロポーズしたんですか？」

「今しただろ」

「あれがプロポーズ？　――大体、お話になりませんよ！　私は一人で生きていくんです！　スクリプターの伝説になろうって決めてるんです」

「気が変ることもあるさ」

「ありません！」

聞いていた茜が、

「母親の前でそういう話は……」

わけ分んない！

亜矢子は外の風景をひたすら眺めていることにした……。


リムジンが停ると、ロケ現場のスタッフはみんな一瞬目をみはった。

「――時間通りだな」

正木が、降りて来た亜矢子を出迎えた。

「早く来るつもりだったんです」

と、亜矢子は言った。「スクリプターとしては……」

「今日のお前はスタントだ。そっちに集中してくれ」

「亜矢子さん」

と、水原アリサがやって来て、「ごめんなさいね、危いことさせて」

「映画が無事完成すればいいんです」

貝原エリも来ていた。そして――。

「あ！　森川さん」

納谷のスタントマンである。

「やあ」

と、森川は亜矢子と握手した。

そして、ちょっと声をひそめると、

「大変だったんだね。大丈夫なのか？」

と訊いた。

「大したことじゃないです。車ごと海に突き落とされて、危うく溺れ死ぬところだった、ってだけで」

「ちっとも大丈夫じゃないじゃないか」

と、森川は言った。「それはもしかして、あの話と係ってるのかい？　あの三橋邦子って女性の話を……」

「あの人のことは言ってません。約束しましたから」

「しかし、殺されそうになったんだろ？」

「でも、約束は約束です」

森川は苦笑して、

「頑固だね。君はスタントマンに向いてるかもしれないよ」

と言った。

「何をこそこそ話してる？」

と、大和田が割り込んで来て、「人の女に手を出さんでくれ」

「大和田さん！　私はあなたの女じゃありません！」

と、亜矢子は言い返してやった。

——山の中腹、自動車道路が大きくカーブした所に、展望台が作られている。

「この柵《さく》の向うが崖になってる」

と、正木が説明した。「そこに木があるだろ」

「変ですね、一本だけ」

「作り物だ」

「え？　じゃ撮影用の？」

良くできていて、亜矢子は感心した。

「崖の方へ突き出してる枝がある。そこにつかまってぶら下ってくれ」

「怖そうですね」

「怖くなきゃ、撮る意味がない」

「人のことだと思って……」

「枝は弱そうに見えるが、しっかりできてるから、お前が三人ぶら下っても大丈夫だ」

「本当ですか？」

「大道具がそう言ってた」

まあ、スタッフはプロが揃っている。その点は信用していた。

「こいつは怖いね」

と、やって来た森川が首を振って、「僕ならごめんだ」

「プロがそう言うんですか？」

「もちろん、袖口からワイヤーを通して、体を支えるだろう。問題はないと思うが、それでもね……」

改めて、亜矢子は我が身の無謀さ、アッサリ引き受けてしまった愚かさを思い知った。しかし、今さら「やめます」とも言えないし……。

「おい、亜矢子」

と、正木が呼んだ。「アリサと同じスーツに着替えてくれ。もちろん、靴やヘアスタイルも」

「誰に向って言ってるんですか」

と、亜矢子は言ってやった。

それをチェックするのが亜矢子の本業だ。

「先にアリサのカットを撮る。その後は納谷のカット」

「私、スクリプターはしなくていいんですか?」

「今日はスタントだけでいい」

見れば、安井真衣がしっかりジーンズ姿でやって来ている。

「真衣さん……」

「私、ちゃんとやりますから」

「ええ、それはいいけど……」

「分ってます。父の車が来たんで、びっくりしました」

大和田も、まさかここに真衣がいると思っていなかったのだろう、二人の方へやって来て、

「何してるんだ、こんな所で」

「働いてるのよ」

と、真衣は胸を張って、「沙也と二人、食べてかなきゃいけないので」

「こいつの代りか? それなら、こいつが結婚して辞めても大丈夫だな」

「亜矢子さん、結婚するんですか？」

と、真衣がびっくりする。

「違うのよ！　あなたのお父さんが、ちょっとおかしくなったらしいの」

「まあ、父と？　――構いません、こっぴどくやっつけて下さいね」

「親に向って言うことか」

と、大和田も仕方なく苦笑している。

――何だか、みんな集まって来てるみたいだ、と亜矢子は思った。

展望台は、ロケバスや大和田のリムジン、撮影機材で一杯になってしまった。

もうほとんど初冬の寒さで、山の中腹は風が冷たい。

「アリサさん。ヒロインが風邪ひくと大変。車の中に入ってて下さい」

と、亜矢子は言った。

「ありがとう。でも、みんなが寒い中、頑張ってるのに……」

「スターは、風邪ひかないのも仕事の内ですよ」

と、亜矢子は思い付いて、「大和田さんのリムジンに入ってるといいですよ。座り心地いいし」

「いいえ、ロケバスの方がいいわ。スタッフの人たちと話してるのが楽しいの」

アリサがロケバスに入って行くと、貝原エリがマフラーを巻いてやって来た。

「本当に、私、替りましょうか？」

「いいのよ。ありがとう。それに、あなたは若過ぎて、画面で見ると別人って分っちゃうわ」

「そうですか……」

「ありがとう、心配してくれて。——大丈夫よ、みんなプロだもの」

そう言って、気が付いた。森川が来ているのは、納谷のスタントをやるためなのだ。

「監督」

と、亜矢子は正木の所へ行って、「納谷さんも、スタントのシーン、あるんですか？」

「ああ。そう危くないんだがね。崖のこっちへ入った所で、ぶら下ってる恋人へ、『頑張れ！』って声をかける」

「それだけでスタントマンを？」

「高所恐怖症だそうで、崖から十メートルは離れてないとだめらしい」

「十メートル？」

亜矢子は呆れて、「道路へ出ちゃいますよ」

と言った……。

「クレーンの用意はいいか？」

と、正木が言った。

「OKです」

「よし。――亜矢子」

「はい」

「一応お前もカメラを覗いてくれ。ぶら下るときは、顔がはっきり分らないように、少し下を向く感じでな」

「分りました」

クレーンの先端にカメラがセットされている。その両側に小さな椅子。

今のカメラは小型だし、リモートコントロールなので、カメラだけが動いて、スタッフはモニター画面を見ていればいい。

しかし、正木はそれでは気に入らないのだ。自分もカメラと一緒にクレーンで空中へ上るというのである。

「直接、カメラを覗かないと、迫力ある絵が撮れん！」

というわけだ。

今どき恐竜並みの「古代人」だが、亜矢子は、正木のそういうところが気に入っている。

二つの椅子に、亜矢子と正木が座って、合図すると、クレーンのアームがゆっくりと振れて、崖の外へと突き出る。

「この辺だな」

カメラが下を向くと、あの作られた木の枝が真下に来る。崖の下は岩だらけの渓《けい》流《りゅう》。

確かに、枝にぶら下っている姿と下の渓流がワンカットに入ると、立体感があってスリルがあるだろう。

「落ちたら死にますね」

と、亜矢子は言った。

「大丈夫。お前は不死身だ」

「はいはい」

もう怒ってみても始まらない。

クレーンが元の位置に戻って、

「じゃ、仕度しよう」

スタントマンの森川が手伝ってくれることになった。

服の下にワイヤーを通し、袖口から出して、枝の金具に引っかけるようになっている。

両手を離しても、ちゃんと落ちないようにしてあるのだ。

理屈では分っていても……。

枝がクレーンのアームのように動くので、一旦近寄せて、金具を引っかける。

「これで大丈夫」

と、森川は言った。「じゃ……」

「行って来ます」

両手でしっかり枝をつかむ。枝が旋回して、亜矢子の足下から何もなくなった。

「手が痛くないか？」

と、森川が訊いた。

「大丈夫」

と答えたものの、両手に自分の体重がかかっているのは、思った以上に辛かった。

ここで弱音を吐いちゃ、スクリプターの名がすたる!

よく分らない意地で、ギュッと目をつぶって、でも——。

「早く撮って!」

と、つい叫んでいた。

「安心しろ」

と、正木が言った。「アッという間に終るからな」

——はて? 昔、どこかで同じようなことを言われたような……。

そうだ! 小学生のとき、予防接種の注射を打つお医者さんが、「大丈夫だよ。アッという間に終るからね」と、ニコニコしながら言って、針がズブリと刺さったとき の飛び上るような痛さ。しかも「アッという間」なんかには終らなかった……。

正木が、

「おい、市原。行くぞ」

と、カメラマンを呼んだが——。「市原はどこだ?」

「今、トイレに行ってます」

と、助監督の一人が言った。

冗談じゃない! カメラマンがいるかどうかぐらい、確かめとけ!

「や、すみません」

市原が駆けて来て、「冷えるもんで、つい……」

正木と市原がクレーンの椅子にかけて、

「よし、動かせ！」

と、正木のひと声で、やっとクレーンが亜矢子の頭上にカメラを運んで来る。

「もう少し先だ。――動かし過ぎだ！　少し戻せ！」

カメラの位置を決めるのに手間取っている。

いい加減にしてよ！

「――うん、いい絵だ」

と、正木がカメラを覗いて、「亜矢子、大丈夫か？」

「訊いてる暇があったら、早くカメラ回して下さい！」

「分った、分った。――カメラが回ったぞ。怖がって足をバタバタしろ。――もうちょっと派手にやれないか？」

アッという間に終るはずが、いざとなると欲が出るのだ。

「亜矢子、『助けて！』と叫べ」

「声は別録《べつど》りでしょ！」

「しかし、口が動いてないと、後でアリサが合せるときにやりにくい」

「分りましたよ。——助けて！　誰か助けて！」

と、目一杯声を上げる。

「おい、もう少し顔を上げて叫べ。顔がはっきり映ると困るが、口だけ見えるように」

「そんな無茶な！」

文句を言いながらも、つい正木の言う通りにやり直している亜矢子だった。

寒風が吹きつけて来て、亜矢子もさすがに限界。

「もういいでしょ！　足がつりそうですよ！」

と、怒鳴った。

「うん、もう少し頑張れ。お前から下の渓流へピントを送る。高さが出るからな」

「早くして下さい！」

そのとき——思いもよらないことが起きた。

バタバタと音がしたと思うと、大きなカラスが飛んで来て、亜矢子のつかまっている枝にとまったのである。

「こら！　あっち行け！」

と、亜矢子は叫んだが、正木は、

「こいつはいいぞ！　おい、カラスを入れて撮るからちょっと待て！」

と、カメラを回し続けた。

「何よ、もう！」

亜矢子もさすがに頭に来た。「いい加減にして下さいよ！」

「うん、分った。――いいぞ！」

亜矢子は目を見開いた。

カラスが、トコトコと亜矢子の方へ近付いて来たのだ。そして、くちばしで亜矢子の手を軽くつついた。

「やめて！」

そう痛くはなかったが、本気で（と言うのも妙だが）つつかれたら、けがをする。痛くて、手を離してしまうだろう。

すると――何がカラスの好奇心を刺激したのか分らないが、カラスは枝の下側で、亜矢子のワイヤーを引っかけて固定している金具をつつき始めたのだ。

「ちょっと！　やめてよ！　何するの！」

叫んだのが却っていけなかったのか、カラスはますます張り切ってガチガチと金具をつき出したのである。

「早く戻して！」

と、亜矢子は叫んだが、上からカメラを覗いている正木には、カラスが何をしているか見えていないので、

「いいぞ！　そのカラス、名演だ！」

なんてやっている。

だが、異変に気付いたのは森川だった。

「危い！　ワイヤーが外れるぞ」

と、怒鳴った。「枝を戻せ！　早く！」

しかし、助監督は正木の方を見るばかり。

「カット」の声がかからない限り、誰も動かないのが習性になってしまっている。

「ちょっと！　監督！」

と、亜矢子は思い切り怒鳴った。「私を殺す気？」

正木も、やっと状況が呑み込めたらしく、

「よし、カット！」

と、声を上げた。「枝を戻せ」

ああ……。やっと……。

だが、助監督が枝を引き戻そうとすると、

「――あれ？　動かないな」

冗談じゃない！

正木を乗せたクレーンのアームは崖の内側へと戻って、二人が降りた。しかし、

「監督、枝が動きません！　亜矢子さんの体重がかかって、歪《ゆが》んだんだと思います」

「急げ！」

森川が崖ぎりぎりの所まで来て、「今、何とかする！　頑張れ！」

と、亜矢子へ呼びかけた。

え……。まさか……。

カラスの職人技（？）は、とうとうワイヤーを引っかけていた金具を外すことに成功した。

「クワッ！」

カラスが得意げに鳴いた。

手を離したら落ちてしまう！　亜矢子もさすがに焦《あせ》った。

「待ってろ！」

森川が、正木と市原の座っていた椅子に飛び乗ると、「アームを彼女の方へ動かせ！」

と怒鳴った。

クレーンのアームが、ゆっくりと亜矢子の頭上へ戻ってくる。

「アームを下げろ！」

森川が大声で指示すると、「今そこへ近付けるからな！　クレーンにつかまれ！」

「早くして！」

そのとたん、カラスのくちばしが、亜矢子の右手の甲をつついた。「痛ッ！」

右手を離してしまった！　今や左手だけで枝からぶら下っているのだ。

「落ちる！　助けて！」

と、亜矢子は叫んだ——。

16　陰謀

「あのカラス……。きっと誰かに雇われてたんだわ！」

と、亜矢子は言った。

「カラスの殺し屋かい？」

と、葛西が苦笑して、「あんまり聞いたことないな」

「絶対よ！　私を嘲笑《あざわら》うような目で見てた」

——ロケバスの中で、亜矢子は毛布にくるまっていた。

間一髪、森川が手を伸して、亜矢子の腕をつかんで引き上げてくれたのだ。

寒かったが、同時に冷汗をかいていて、亜矢子はロケバスの奥で着替えることになった。

さすがに、母の茜が心配して、

「下着の替えはないの？」

と訊きに来たが、いくら何でもそんなものまで持って来ていない。

貝原エリが、

「私、保温用のお弁当箱、持って来てるんです。おミソ汁まだ温《あたたか》いですよ！」

と、飲ませてくれて、亜矢子は嬉しくて涙ぐんだ……。

「あの冷血漢！」

と、亜矢子が怒っているのは、もちろん正木のことだ。

亜矢子に、

「大丈夫か？」

と訊きに来るでもなく、次のカットの準備をしている。

「それは仕方ないよ」

と、葛西が言った。「そうでなくても、クレーン撮影に手間取って、時間が押してるんだ。ここじゃ、今日しかロケできないし」

そんなこと、亜矢子には言われなくたって分っているのだ。しかし、「それにしても、ひと言ぐらい……」と、つい思ってしまうのだった。

「おっと、僕もこんなことしちゃいられないんだ！」

と、葛西があわててロケバスから降りて行く。

「あの、よかったら、お弁当の方も食べて下さい」

と、エリが言ったが、

「いいのよ。ちゃんとロケ弁があるから。冷えてるけど」

と、亜矢子は笑って、「ごちそうさま。温いおミソ汁だけで、生き返ったわ。本当にありがとう」

「いいえ……」

エリは器を受け取ると、「私――感動しました。今日、亜矢子さんを見ていて」

「私を？」

「自分の顔が出るわけでもないのに、あんなに命がけで……。映画って、命をかけるだけの価値があるものなんだって、教えられた気がするんです」

エリの目が潤んでいる。

「そう思ってくれたら、嬉しいわ」

亜矢子は、エリの言葉に、正直感動していた。自分が好きで「命がけ」のカットを撮ったわけではないが、エリのように、映画の世界に憧れる新人が、それほど胸を熱くしてくれたのなら、カラスの殺し屋に狙われたかいがあったというものだ……。

――エリが撮影を見に行き、ロケバスに一人残った亜矢子だったが……。

毛布にくるまって座っている内、ついウトウトしていると、

「お疲れさま」

と、声がして、目を開ける。

「あ――納谷さん」

と、頭をブルブルッと振って、「撮影は終ったんですか？」

「おいおい」

と笑ったのをよく見れば、スタントマンの森川である。

「──何だ、森川さんだったの」

と、亜矢子は目をこすって、「ボーッとしてて……。納谷さんの格好してるから、てっきり……」

「そんなに似てるかい？」

と、森川は言った。「あんな二枚目と間違えられたら光栄だな」

「やっぱり、こう──雰囲気が」

と、亜矢子は改めて森川を見直して、「納谷さんより、ずっとすてき」

と言った。

「そいつはありがとう。──納谷さんの出番が延びてるんだ。それで僕もすることがなくてね」

「水原アリサさんは？」

「彼女は、崖のぎりぎりの所で、頑張ってるよ。正木さんが、『亜矢子を呼ぼうか？』って訊いたけど、アリサさんは、『あんなに危いことをやってもらったんですもの、これぐらいは自分でやります』って言ってね。偉い人だ」

それを聞いて、亜矢子はハッとした。自分の本業を思い出したのだ。

「私──スクリプターの仕事をしないと」

と、毛布を投げ出して立ち上った。

「でも、それは……」

「もちろん、真衣さんが代りにやってくれることは知ってます。でも、今回みたいなロケはめったにないので、いつもの通りじゃ済まないことが色々あるんです。ちゃんと見てあげないと」

亜矢子はマフラーをして、ロケバスから急いで降りた。

「──よし、本番行くぞ！」

と、正木が声をかけていた。

場面としては、亜矢子が枝からぶら下るより前になる。

崖から突き落とそうとする学生役の役者に追い詰められて怯えているアリサの表情を撮る。

カメラが学生の目になって、アリサに向って近付いて行く。アリサがカメラを見ながら怯えた表情で、地面に座ったままジリジリと後ずさる。

「──カット！」

と、正木が言った。「うん、いい表情だったぞ」

アリサがホッとした表情で立ち上った。

付き人がウェットティッシュを持って来ると、アリサは土で汚れた両手を拭いたが
——。

「待って下さい」

と、亜矢子が声をかけた。

「亜矢子、休んでていいんだぞ」

と、正木が言った。

「ちょっと気になって」

と、亜矢子はアリサの左手を取ると、袖口を引張り上げた。

アリサの左手首に、ブレスレットが光っている。

「——アリサさん、これずっと着けてました?」

「ええ……。何か——」

「私、着けてませんでした」

と、亜矢子は言った。「見落としてたわ!」

「どうしたって?」

と、正木がやって来る。

亜矢子が説明すると、正木も考え込んで、

「——しかし、袖で隠れてたぞ。今のカットでも、全く見えてない」

「ええ、このカットはいいです。でも、枝からぶら下ってると、当然袖口は下ります」

「そうだな」

「ブレスレットが見えないとおかしいですよ」

「じゃあ、私のカットを撮り直せば」

と、アリサが言った。

「待て。——この衣裳で、もう数シーン撮ってるな。ブレスレットが見えてたか……。今さら撮り直せない」

「そうですね。——シナリオ、チェックします」

亜矢子は、真衣の手にしていたシナリオを持って来ると、ページをめくって、このシーンにつながるカットを数えた。

「セットもロケもありますよ。もう終ってるシーンです」

アリサが心配そうに、

「ごめんなさい！　そんなこと、考えもしなかった」

と言った。

「アリサさんのせいじゃありません」

と、亜矢子は言った。「気付かなかったスクリプターの責任です」

「でも……」

正木は腕組みして考え込んでいたが、

「――うまくつなげば何とかなるだろう」

と言った。

「監督。だめですよ」

と、亜矢子は言った。「今はＤＶＤになって、くり返し見られるんです。ファンの間で、そんなことが語りぐさになっては……」

「まあ、そうだが……。どうする？」

亜矢子は、葛西の方へ、

「あの枝の金具、直せる？」

と訊いた。

「亜矢子さん……」

アリサがそう言ったきり、言葉を失った。

そばで話を聞いていた葛西が、

「何とかやってみる」

と答える。

「急いで。日が落ちたら撮れない」

「分った。おい！　その木、片付けるのは待て！」

と、葛西は駆け出して行った……。


「滑り込みセーフ、だったな」

正木が言ったのは、そのひと言だけだった。

もともと亜矢子の仕事ではない、ということは忘れてしまっているようだ。

亜矢子も、腹を立てる元気は残っていなかった。

日没ぎりぎりで、あの枝からぶら下るカットをもう一度撮った。正木としては、

「あのカラスがまた来ないか」

と、期待（？）していたようだが、さすがにカラスはそこまで気づかってくれなかった。

正木は諦め切れないようで、

「使えるカットがあれば、カラスを何とか出したいな」

た。

「ギャラ請求されても知りませんよ」

と言ってやった。

今、亜矢子は、大和田のリムジンの座席に横になって、ぐっすりと眠り込んでいた。

亜矢子は「ロケバスでいい」と言ったのだが、大和田が亜矢子の「プロ意識に感動した！」と言って、

「送らせろ」

と言い張ったのである。

母の茜がついて来たので、亜矢子は安心してリムジンで眠っていた。

車が都心に入るころ、目を覚ました亜矢子は、お腹が空いていたが、

「一度撮影所に戻らないと」

と言った。「明日の仕事に差し支えるんです」

大和田は呆れたように、

「大変な仕事なんだな」

と言った。「何でも、プロであるってことは楽じゃないな」

「そりゃそうです……」

アーアと大欠伸して、「撮影所で降ろして下さい。お母さん、一緒に晩ご飯、食べよう」

「いいわよ。――あんた、てのひら、大丈夫？」

亜矢子も気付かなかった。長い問枝につかまっていたので、てのひらの皮がむけている。

「ああ……。でも、痛みは大したことないよ」

「でも何か菌が入ってるといけないわ。ちゃんと消毒しましょ」

薬局の前で車を停めてもらい、亜矢子と母が降りて、消毒薬とガーゼなどを買った。

レジの奥でＴＶが点いていた。

「ホテルＳで、駐車場にいる女性がはねられる事故がありました」

ホテルＳ？　ふっと耳が向いた。

「ホテルの従業員、三橋邦子さん四十歳が、地下駐車場で車にはねられ、倒れているところを発見されました」

え！　――三橋邦子？

亜矢子は愕然《がくぜん》としてTVへ目をやった。

「はねた車は駐車場を出て行っており、警察で行方を追っています……」

茜がふしぎそうに、

「どうしたの？」

「行先変更！」

と、亜矢子は買った物を抱えて急いでリムジンに戻ると、

「すみません！　ホテルSに行って！」

と、大和田に大声で言った。

さすがに、亜矢子も少し気が咎《とが》めて、

「すみません」

と言った。「あなたの車をタクシー代りに使って」

しかし、大和田は別に文句を言っているわけではなく、ニヤリと笑って、

「俺を『あなた』と呼んだな。こうしてお前は段々俺の女房になっていく」

亜矢子はムッとして、

「見当違いです！」

と言い返した。

——三橋邦子が、勤めているホテルＳの駐車場で車にはねられたというニュースに、

「ホテルＳに行って！」

と叫んだ亜矢子だったが、ホテルＳに着くと、

「ちょっと待ってて下さい！」

と、大和田と母の茜を車に待たせて、ホテルの人に三橋邦子がどうしたか訊きに行った。

そして、

「救急車で、Ｋ大病院へ運ばれた」

と聞くと、急いで車へ戻り、

「Ｋ大病院へ行って下さい！」

と、指示したのである。

大和田のリムジンは、亜矢子の指示通りＫ大病院へ向っていた。その中で、茜が、

「大和田さんに失礼よ」

と注意したのだった。

「病院に着いたら、もう結構です」

と、亜矢子は言ったが、

「いや、ここまで付合ったんだ。とことん付合ってやる」

と、大和田の方も面白がっているのだった。

「――どういう知り合いの方なの？」

と、茜が訊いた。

「誰が？」

「その入院したって方よ」

「ああ……。それはちょっと……今は話せないの」

「そんないい加減な」

と、茜はため息をついた。

「いい加減、大いに結構」

と、大和田が言った。「俺はいい加減な女が好きだ」

幸い、リムジンはＫ大病院に着いた。

待っている、と言う大和田を放っておいて、亜矢子は病院へと駆け込んだ。

少し手間取ったが、三橋邦子が治療を受けて、病室で眠っていると聞いてホッとした。

「どんな具合なんでしょうか？」

と、若い看護師に訊くと、

「もしかして、東風さんというのは、あなた？」

通りかかった、中年のベテランらしい看護師が声をかけて来た。

「そうですが……」

「車にはねられた人が、会いたがってるわ。もし訪ねて来たら起してくれって」

「会っても大丈夫ですか？」

「足を骨折してるけど、命に別状ないわ。ただ、頭を打ってるといけないから、明日、ＭＲＩをやる予定」

「良かった！　はねた車は見付かったんでしょうか？」

「さあ、どうかしら。警察の人とは話してないけど」

「そうですね。すみません」

「こっちよ」

案内された病室は個室だった。

「ここしか空きがなくて」

と、看護師が言った。「──三橋さん、起きてる?」

ベッドに横たわっている三橋邦子が、ゆっくりと頭をめぐらせた。

「三橋さん。亜矢子です」

と呼びかけると、トロンとしていた目をはっきり見開いた。

「来て下さったんですね……。ありがとう」

「ニュース、TVで見てびっくりして」

亜矢子は、ベッドのそばの椅子に座って、

「どうしたんですか?」

と訊いた。

看護師が病室から出て行くと、三橋邦子は、

「私……殺されかけたんじゃないかと思います」

と言った。

「狙われたってことですか」

「たぶん……。ホテルの駐車場に急いで来るようにって伝言があって、思い当ることがないので、ちょっと用心しながら行ってみたんです。そしたら車が──駐車場の中では考えられないスピードで……」

「足を骨折しただけで良かったですね」

と、亜矢子は言ったが、

「ええ……。でも、しばらく仕事はできません」

と、邦子は沈んだ口調で、「今、長く休むと、クビになることも……」

「そんなひどいこと……」

「本当なんです。いくらも代りはいますから」

「でも三橋さん、あなたの話を、私は誰にも言ってません。だけど、こんなことがあったら、刑事さんに話した方がいいんじゃないですか？」

亜矢子の言葉に、邦子は迷っている様子で、

「どうしたらいいのか……」

「あなたが、何か重要なことを知っていると思われてるんじゃないでしょうか」

「そうかもしれません。――また狙われたら、と思って怖いんです」

当然のことだ。誰もが亜矢子ほど無鉄砲なわけではない。

「実は私も――」

と、亜矢子が言いかけると、病室のドアが開いた。

「ああ、入ってらっしゃい。大丈夫よ」

と、邦子が手招きする。

病室へ入って来たのは、ほっそりした少女で、ブレザーを着ている。

「娘の陽子《ようこ》です」

と、邦子は言った。

娘と二人で暮している と聞いたことを亜矢子は思い出した。

「この方は、お母さんのことを助けて下さってるのよ。亜矢子さん」

「今晩は」

と、亜矢子は言った。「今、何年生？」

陽子という娘は答えず、邦子が代りに、

「今、小学五年生、十一歳です」

「そう。大きいのね」

しかし、陽子は警戒するような目で、じっと亜矢子を見ている。

亜矢子は、自分も車ごと海へ落とされて、殺されそうになったと言おうとしていたのだが、却って邦子と陽子を不安がらせるだけかと思い直した。

「亜矢子さん」

邦子が、亜矢子の手を急に握ると、「この子のことをお願いしたいんです」

「え？」

「私が入院していると、この子は一人でいなくちゃなりません。もちろん、自分のことは何でも自分でやれる子ですが、やっぱり家で子供だけが一人でいるのは……」

邦子は言葉にしないが、陽子の身に何かあったら、と思っていることは、亜矢子によく分った。

「私、この病室に泊るよ」

と、陽子は言った。

「だめだめ。ここは他に空きがないから入ってるの。こんな高い個室にずっとはいられないわ」

「でも……。この椅子に座って寝るから」

「そんなことできっこないでしょ。――亜矢子さん、お願いです。私はともかく、この子だけは……」

邦子の目に涙が浮んでいる。

亜矢子もこうなると弱い。

「分りました」

と、つい胸をドンと叩き――はしなかったが、「陽子ちゃんのことは任せて下さい！　必ず守ってみせますから」

　と言ってしまった。

「どうして私を『守る』の？」

と、陽子が言った。「お母さん、やっぱり誰かに狙われたんだね」

「そう……。まあ、たぶんね」

仕方ない。亜矢子は肯いて、

「お母さんは、あなたのことが心配なのよ」

「私より、お母さんを守って！」

と、陽子が訴えるように言った。

このひたむきな感じにも、亜矢子は弱い。

「もちろんよ！」

と、しっかり肯いて、「お母さんのことも絶対に守ってみせるわ」

我ながら、どうしてこう何もかも引き受けてしまうんだろう？

「亜矢子さん、お仕事があるのに……」

と、邦子が涙をこぼして、「本当に申し訳ありません」

「いえ……。どういたしまして」

と言いながら、亜矢子はどうやったらこの母娘を一緒に守れるか、全く思い浮かばなかった……。

17　約束

「今、何と言った？」

と、大和田が訊き返した。

「耳、遠くなったんですか？」

と、亜矢子は分厚いステーキを食べながら、「あなたとの結婚について、前向きに検討してもよろしいです、と言いました」

「そうか」

大和田は大きく肯いて、「――そうか。うん、分った」

茜が目を丸くして、

「本当なの？」

「言った通りよ」

病院から近いホテルのレストランで、亜矢子たちは食事していた。

亜矢子、大和田、茜、そして三橋陽子である。

もともとお腹の空いていた亜矢子は、前菜をごっそり食べてからステーキに取りかかっていた。そこでやっと話を切り出したのである。

「その代り、お願いがあります」

と、亜矢子は言った。

「金なら貸してやる」

「お金が欲しいんじゃありません。ただ、お金がかかるのは確かです」

「世界一周旅行か？　それはハネムーンに取っとこう」

「違います。この三橋陽子ちゃんのお母さんを、ずっとあの病院の個室に入れてあげて下さい」

「亜矢子――」

「お母さん、黙ってて。大和田さん。何も訊かないで下さい。理由は、話せるときになったら話します。それと、あの個室で、この陽子ちゃんが泊れるようにして下さい」

陽子もお腹が空いていたらしく、カツカレーを勢いよく食べていたが、亜矢子の言葉に目を上げて、

「え？　本当？」

と言った。

「お前も変った奴だな」

と、大和田が苦笑して、「分った。あの病院の教授とは親しい。何とかしてくれるだろう」

「ありがとうございます。もう一つあるんです」

「何だ？」

「部下の方で、ちょっと腕《うで》っ節《ぷし》の強そうな方に、あの病室をガードさせてほしいんです」

「どういうことなの？」

と、茜がたまりかねて言った。

「要するに、あの人は狙われてるの。私と同様にね」

「でも、だからって大和田さんに――」

「いや、分った」

と、大和田が止めて、「よし。間違いなく手配しよう」

「ありがとうございます」

自分はスクリプターの仕事がある。大和田にでも頼るしかないのだ。

まあ、「前向きに検討する」とは言ったが、国会答弁では「何もしない」と同じ意味である。亜矢子としては、精一杯のプランであった……。

「でも、亜矢子」

と、茜が言った。「そういうことなら、警察の人に頼めば？」

「ごもっともだけどね、お母さん。警察はガードマンじゃないのよ。そりゃ、私やあの三橋さんが殺されでもしたら、犯人を捜してくれるでしょう。でも、いちいち見張りに刑事さんを出しちゃくれないわ」

「それはお前の言う通りだ」

と、大和田は肯いて、「俺だって今は堅気《かたぎ》の商売をしてるが、もし俺の身に何かあったとしても、警察はろくに捜査しちゃくれないだろう。昔が昔だからな、と言われて終りさ」

「そんな馬鹿な」

と、茜が言った。「それは大和田さんのひがみってものですよ」

「ともかく、何かあってからじゃ遅いんです」

と、亜矢子は強調した。「私のことなら、自分の身は自分で守れます。でも、三橋邦子さんとこの陽子ちゃんは、誰かが守ってあげなくては」

陽子は、目を見開いて亜矢子を見つめていたが、

「どうして……赤の他人の私のこと、そんなに心配してくれるの？」

と言って、涙をこぼした。

「陽子ちゃん……」

「私、他の人が助けてくれるなんて、考えたことなかった。お母さんの大変さを見ていて、早く大きくなって働こうって思ってた」

「世の中にはね、こういう変り者もいるのよ」

と、亜矢子は陽子の手を取って、「泣かないで。私がいじめてるみたいじゃないの」

「ごめんなさい……。カツカレーが少し辛くて」

と、陽子が笑って涙を拭いた。

「もう大丈夫だから、安心して食べて」

と、亜矢子は言った。「お母さんのことはちゃんと、あそこのベテランの看護師さんに頼んどいたから」

すると――グス、グス、とはなをすする音がした。

「大和田さん！」

亜矢子は、大和田が涙ぐんでいるのを見てびっくりした。「どうしたんですか？　花粉症？」

「馬鹿！　俺はもともと涙もろいんだ」

「へえ……」

「よし、すぐに部下を行かせる」

と、大和田はケータイを取り出したのだった……。


同じ手を使う。

映画でそういうことをやれば「パクリ」と言われる。しかし、他人のやったことでなく、自分のしたことを真似するのなら構わないだろう。

待ち合せた喫茶店に、倉田が入って来た。

「やあ、どうも。お待たせしてすみません」

と、倉田刑事は亜矢子の向いの席に座ると、「コーヒーを」

と、オーダーした。

「お忙しいのに、すみません」

と、亜矢子は言った。

「いや、大丈夫です。あなたに会うのも仕事の内ですからね」

倉田はおしぼりで手を拭きながら、「何かあったんですか？」

「ええ、まあ……。大したことじゃないんですけど。危うく死ぬところでした」

倉田は目を丸くして、

「また狙われたんですか？」

「厳密には、ちょっと違います」

と、命がけのスタントの話をした。

「――びっくりさせないで下さいよ」

と、倉田が息をついて、「しかし、スクリプターって、そんな危険なことまでしなきゃいけないんですか？」

「いえ、これは特例です。私がもの好きで、無鉄砲ってだけのことです」

「気を付けて下さいね」

倉田は来たコーヒーにブラックのまま口をつけた。

「私、木の枝からぶら下って、ああ、私、このまま落ちて死ぬのかもしれない、って思ったときに……」

亜矢子は座り直して、「頭に浮んだのが、倉田さんのことだったんです」

です」

「もう一度倉田さんに会いたい！　倉田さんに会わずに死にたくない、って思ったんです」

「え？」

「そう……でしたか」

倉田は面食らって、

「倉田さん、私のこと、抱きたいですか？」

「は？」

倉田は愕然として、「今、何と……」

「私、倉田さんにならこの身を任せてもいい、って思ったんです。私、倉田さんとの結婚を前向きに考えようと思うんです」

「は……」

「おいやですか？　そりゃあ、倉田さんから見たら、私なんか女の内に入らないかもしれませんけど……」

「とんでもない！　亜矢子さんほどすてきな人はめったにいないと思いますよ」

と、倉田があわてて言った。

「まあ、そう言って下さるんですね」

と、亜矢子はテーブルの上の倉田の手を握りしめた。

倉田が真赤になる。

いいぞ！　この人、結構純情なんだわ！

亜矢子はさらに握りしめる手に力を込めて、

「倉田さん、お願いがあるんです」

と言った。

「な、何でしょうか？」

「無理を聞いていただきたいんです」

「何でも言って下さい！」

倉田、すっかり舞い上っている。

「やってみたいことがあるんです」

と、亜矢子は言った。「力を貸して下さい」

「僕にできることなら、どんなことでもします！」

刑事としては、いささか軽はずみな発言だった……。

「やれやれ……」

と、ため息をついたのは、納谷達郎だった。

「これで、俺の出番はほとんど終ったな」

「まだ二日ありますよ」

と、マネージャーの杉下文果が念を押す。「終ったつもりになって、遊びに行かないで下さいね」

「分ってるよ」

と、納谷が渋い顔をする。

――夜間のロケだった。

風は真冬並みに冷たいが、シナリオでは、〈暖かい春の夜〉という設定。

高層ビル街でのロケは骨が折れた。

「――納谷さん」

と、亜矢子は声をかけた。

「やあ、スタントガール」

「何ですか、その呼び方」

「転職するんだろ？　崖からぶら下る役、専門のスタントマンに」

「からかわないで下さい」

と、亜矢子は納谷をにらんだ。「私はスクリプターです。もうスタントはやりません」

「でも、本当に偉かったですね」

と、杉下文果が言った。「あんな危いことを二度もやるなんて。見ているだけでも気が気じゃありませんでした」

「変ってるのさ」

と、納谷が言った。「あの正木監督に気に入られてるくらいだ」

「どうせ変人同士ですよ。その変人監督がお呼びです」

「今日のカットはもう終ったろ？」

「監督に訊いて下さい」

――主なカットは撮り終えていたが、正木が、

「ビルの谷間の雰囲気があるカットを二、三撮っときたい」

と言い出した。

人もいなくては、というので、急遽呼ばれたのが貝原エリだった。

「――また後ろ姿で悪いんだけど」

と、亜矢子は言った。「夜のオフィス街を行くＯＬって感じで」

「何でもやります！」

と、エリは大張り切りで、「何なら、逆立ちして歩きましょうか？」

いい加減、寒さでくたびれていたスタッフが、エリの言葉で大笑いした。

こういうムードメーカーは大切なのだ。

正木もそれを感じたのだろう。

「おい、エリ」

と、声をかけた。「後ろ姿じゃなくて、前から撮る。カメラに向って歩いて来い」

「え？　顔が映るんですか？　やった！」

「ちゃんとメイクしろよ」

「分りました！　私がしっかり見ます」

と、亜矢子はエリの肩をポンと叩いた。

エリがメイクしている間に、亜矢子は納谷を呼びに行ったのである。

「――監督、お呼びで？」

と、納谷がやって来る。

「うん。あと少し残ってるが、肝心のところは終った。君もよくやった」

「珍しいな、正木さんにほめられるなんて」

と言いながら、納谷も嬉しそうだ。

「あさって、撮休だが、何か仕事が入ってるのか？」

「さあ……。特にないと思いますが」

と、納谷が文果の方を見る。

「仕事は入ってません」

と、文果が言った。

「そうか。じゃ、あさっての夜、飯《メシ》を食おう。君とアリサ、それに亜矢子もな」

「それはどうも」

納谷は笑顔になった。――正木がこんなことを言い出すのは珍しい。

次の作品にも使うつもりかもしれない、と思わせることだった。

エリがメイクを終えてやって来る。

「よし、その歩道を歩いて来る。――大体、あの横断歩道の辺りから歩いて来てくれ」

「分りました！」

と駆け出して行く。

「おい、転ぶなよ！」

と、正木が言ったが、聞こえていなかったろう。

「いいなあ、若くて」

エリを見て、亜矢子がため息をつく。

「そうだ。亜矢子、明日、森川を呼んどいてくれ」

と、正木が思い出したように言った。

「はい」

納谷が、ちょっと意外そうに、

「明日、スタントのいるカットなんかありましたか？」

と訊いた。

「ビルの吹き抜けで撮るからな。君は高い所、弱いんだろ」

「でも、別に宙吊りになるわけじゃないんですから」

「カットを考えてるんだ。吹抜けの高さを強調したい。ま、分らんが、万が一ってことさ」

「そうですか……」

納谷はちょっと微妙な表情になった。

遠くでエリが手を振って、

「ここでいいですか！」

と叫んだ。

「そこでいい！　少し足早に歩いて来い！」

市原がカメラを覗く。

「少し下げますか」

「見せろ」

正木は覗いて、「――うん、五センチ、下げよう」

カメラの高さを変える。亜矢子はシナリオに記入した。たぶん高さを変えて、三カットは撮る、と読んでいた。

「よし、テスト行こう！」

正木の声がビルの谷間に響いた。

18　危機一髪

「ふざけやがって！」

さっきから、もう十回はそう口走っている。

しかし、「ふざけた」相手がいるわけではなく、一人で、少し危うい足取りになるほど酔って、ひとり言《ごと》を言っているのだった。

近くを歩いている人の何人かは、それを聞いてギョッとすると、長町から離れて行った。

「俺以上のスタントがどこにいる！　フン、森川なんざ、ただの老いぼれじゃねえか！」

——パーティで酔って、亜矢子に殴られた若いスタントマンである。

酒ぐせの悪さが、段々知られて来ていて、今日も、呼ばれた現場でアルコールの匂いをさせていたら、ディレクターに、

「出て行け！」

と言われて追い出され、またやけ酒を飲んでいるというわけだった。

「今に見てろ……。俺は顔だっていいんだ。その内、スターになってやる。いつまでもスタントじゃいねえぞ」

どこかでケータイが鳴っている。「——何だ？　うるせえ！」

ん？　俺のポケットか？

やっとケータイを取り出すと、

「はい。――もしもし」

「分ってるのか」

　と、相手は突然言った。

「何だと？」

「今日、君をクビにさせたのは、東風亜矢子だ。彼女がＴＶ局へ告げ口したんだ」

「そいつは……。やっぱりあいつか！」

　長町は声を震わせた。

「彼女は君を恨んでるんだ」

　と、その声は言った。

「何だって？　どうしてだ？」

「昔、君に振られたのさ。憶えてないだろうが」

「あの女を振った？　――何しろ大勢の女に言い寄られてたからな。いちいち憶えちゃいねえよ。そうか。そういうことだったのか」

「彼女はこれからも、ずっと君の行手《ゆくて》を阻《はば》もうとするよ。何とかしない限りね」

「何とか？　――どうしろってんだ？」

「君次第だよ。今夜、東風亜矢子は〈ＳＮビル〉でロケをしてる」

「〈SNビル〉？　――ああ、知ってる。五十階ぐらいある超高層ビルだな」

「中央が吹き抜けになってる。知ってるか？」

「そうだっけ？　よく憶えてないが……」

「五十階の高さから落ちれば、ペシャンコだ。そうだろ？」

「そりゃそうだな」

「後は君が機会をつかむかどうかだ」

「どういう意味だ？」

「もう分ってるはずだ。では……」

「待ってくれ！　――もしもし！」

切れた。長町は、手の中のケータイをじっと見下ろしていた。

「SNビルか……」

そう遠くない。

ともかく、そこへ――。行ってみよう。そして、「機会をつかむ」のだ。

長町は、少しシャンとした足取りで歩き出した……。

「冗談だろ？」

と、納谷が言った。

「いえ、本当です」

と、亜矢子は冷たく言った。「監督の指示ですから」

「いくら何でも……」

納谷は〈SNビル〉のロビーフロアに立って、五十階まで吹き抜けになった空間を見上げた。

「――大丈夫ですよ」

と、亜矢子は言った。「私みたいに空中にぶら下るわけじゃありません。ただ上から下を覗き込めばいいんですから」

「簡単に言うな！」

納谷は早くも青ざめている。「僕は高所恐怖症なんだぞ！　分ってるのか？」

「知ってますけど、ちゃんと手すりがあるんですよ」

「僕が目を回して倒れてもいいって言うのか？」

「倒れてから言って下さい」

「僕をからかってるのか！」

「だって、仕方ないじゃありませんか。スタントの森川さんが、先に他の仕事が入ってて間に合わないんですから」

と、亜矢子は言った。

「いやだ！　絶対やらないぞ！」

と言い捨てて、納谷は控え室として借りている喫茶店へと入って行ってしまった。

「——すみません」

と、やって来たのは納谷のマネージャーの杉下文果。

「困ったわね」

「森川さんに何とか来てもらうわけにはいかないでしょうか」

「頼んではあるの。向うの撮影が早く終ったら、こっちへ駆けつけてくれるように。ケータイへ連絡してくれるでしょ」

「ともかく……弱味を見せたくない人ですから」

と、文果は言った。

「まあ、天下の二枚目としてはね……。監督と相談してみるわ」

「よろしくお願いします」

——超高層のオフィスビルは、もう遅い時間なので、働いている人間はいない。

本来なら、最上階のレストラン以外は明りも消えているところだが、今はロケのために照明はいつも通りに点いていて明るい。

一階のロビーフロアでの撮影が、夜になってから行われていた。

「――よし、カット！」

正木は腕時計を見て、「まだ時間はあるな」

「追い込み、調子出て来ましたね」

監督が「のっている」ときは、それを後押しするのもスクリプターの仕事だ。

「ああ、俺は天才かもしれんな。次々にいいカットが頭に浮かぶ」

「予定外のカットは、いい加減なところにしといて下さいよ」

仕上りの長さが気になる亜矢子だった。

「おい、ドリー用のレール！」

と、市原が怒鳴っている。

ドリーとは、カメラが役者へ正面から近寄って行くことだ。

「ズームじゃいやなんですよね」

と、亜矢子が言うと、

「当り前だ」

と、正木は即座に言った。「ズームレンズで寄ってすませる、なんて横着《おうちゃく》なことをする奴に、映画の女神は微笑んでくれない」

ズームですませば、わざわざレールを敷《し》いて、カメラを台車に載せて押す必要はない。しかし、そういうところが正木のいいところだ。

「でも、監督」

と、亜矢子は言った。

「何だ？」

「スクリプターを大事にしない監督にも、女神は微笑んでくれないと思いますけど」

「うむ……」

さすがに正木も詰った。

「――遅くなりました」

水原アリサがやって来たのだ。

「どうしたんですか？」

亜矢子はびっくりして、「今日はアリサさんの出番、ありませんよ」

「ええ、分ってます」

と、アリサは肯いて、「でも、撮影も、もうじき終りでしょ？　ちゃんと見ておきたかったんです」

「偉い！」

　と、正木はアリサの肩を叩いて、「それでこそ主演女優だ！」

　アリサはちょっと照れたように微笑んで、

「主演女優……。ずっと憧れて来た言葉だわ。でも、いざ自分がなってみると、私なんかにつとまるのかしら、って……」

「ちゃんとつとまってるさ」

　と、正木は肯いて言った。「もう一人の主演の方は、ヘソを曲げてるがな」

「納谷さん？　どうしたんですか？」

「高い所のカットがあって」

　と、亜矢子が上を指さす。

「ああ、また？　亜矢子さんは、あんなに危い思いをして、二度も枝からぶら下ったのにね」

「まあ、スターって、こんなもんですけどね」

　と、亜矢子は言って、正木の方へ、「私、納谷さんのスタントはできませんからね！」

「分ってるよ」

正木は渋い顔をしたが――。

「あら」

と、アリサが目を見開いて、「由美さん!」

「え?」

亜矢子は振り向いて、入院しているはずの有田由美がやって来るのを見てびっくりした。

「由美さん、大丈夫なの?」

「ええ、走ったりしなければいいって先生に言われて、今日退院しました」

アリサの妹役の有田由美は、もう出番があるわけではない。

「お邪魔しませんから。少しでも見ていたいんです、撮影」

華がないと言われる女優としては、少しでも監督の印象に残りたいのだろう。正木が、そういうことに弱いのも分っているのだ。

「そうか、偉いぞ!」

と、正木は案の定、由美の肩を軽く叩いた。

「この映画に出られて幸せでした」

と、由美は言った。

「まだ終ってないんだぞ」

と言うと、「――おい、亜矢子」

「はあ」

いやな予感がした。

「アリサと由美で追加のカットを撮ろう」

やっぱりそう来たか！

「分りました」

文句を言って、アリサや由美に恨まれるのもいやだ。「どこのシーンですか？」

「このビルの中だ。姉妹で買物って感じにしよう」

「他にお客いませんよ。今からエキストラの手配なんかできませんし」

「何とかしろ」

何とかしてしまうのが映画の世界だ。

亜矢子はケータイで電話して、

「――ええ、そうなんです。一時間以内に女性十人。ショッピング中の感じでお願いします。――そうですね、全員、ブランド物の紙袋を持たせて下さい。中には何か放り込んで。――そうです。〈SNビル〉です。よろしく」

と、一気に話をして、息をつく。「手配しました」

「よし。じゃ、アリサと由美のメイクだ！」

正木はすっかりその気になっている。

「監督、セリフは？」

と、亜矢子は言った。

「何だ？」

「セリフ、なくていいんですか？　黙って歩いてるだけ？」

「うーん……」

と、正木、考え込んでいる。

それぐらい考えてから言え！

「――うん、二つ三つ、セリフを作る。二人がメイクしてる間に作るから」

「分りました！」

と、由美が大張り切りで、「二十でも三十でも憶えます」

「そんなに長いカットにしたら、おさまらなくなりますよ」

と、亜矢子は正木に念を押した。

「分ってる。しかし、二、三秒のカットじゃ却って唐突《とうとつ》でおかしいだろ」

「急に増やしたらおかしいに決ってます」

「ワンシーンとして成立させるんだ。やっぱり一分はないと」

「三十秒で上りませんか？」

「五十秒」

「四十秒」

はたから見たら、何をしているのかと思っただろう……。

「ともかくドリーカットを先に！」

と、苛々しながら見ていた市原カメラマンが怒鳴った。

「そうだ！　おい、葛西、納谷を呼んで来い！」

と、正木があわてて指示する。

葛西が控え室代りの喫茶店へと駆けて行った。

撮影の現場というのは、何だか分らないが、やたら人が出入りしている。

「こんなに人がいて、何してるんだろう？」

と、部外者が見ると、たいてい驚く。

それでも、みんな忙しそうにしているし、あちこち動き回っているから、何かしているのだろう。

亜矢子だって、スクリプター歴十年だが、それでもよく分らない人間がいたりする。

ということは、他人が容易に入って来られるということでもある。

納谷へとカメラが台車に載って、何度も近付いているころ、この〈SNビル〉の表に立って、五十階建てのビルを見上げていたのは、長町だった。

ビルの谷間の冷たい風に吹かれて、長町も少しは冷静さを取り戻したかと言えば……。

「見てろ！　あの〈あっちこっち〉の奴、ただじゃおかねえから！」

とは、もともと相当頭の中がスカスカにできているのだろう。

亜矢子の姓、〈東風〉が憶えられなくて、〈あっちこっち〉と憶えたまま。亜矢子だって、名前もちゃんと言えない男に恨まれたくあるまい。

「ちょっとごめんよ！」

後ろから声をかけられて、長町があわてて傍へよけると、重いライトをかついで、スタッフの男が〈SNビル〉に入って行く。とっさに長町もその後に続いてビルの中へと入って行った。

「おい、こっちだ！」

と、声が飛び交っている。

そっと覗くと、広いロビー。そして五十階までの吹き抜け。

こいつは凄いや。――あの高さから落ちたら、一巻《いっかん》の終りだ。

長町は、そんなことをすれば「殺人罪」になるということを忘れているようだった。

「俺の邪魔をする奴は許さない。そうだ、そんな奴は消しちまえばいい」

鉛筆で描いたキャラクターじゃないのだ。消しゴムで消すようなわけにいかない。

――いた！

カメラのそばで、納谷達郎の芝居を見ているのは監督の正木。そしてその後ろにスクリプターの〈あっちこっち〉がいる！

今に見てろ……。

「おい、何してるんだ？」

声をかけられ、長町は一瞬焦った。

「あ……あの……呼ばれて来たんです、仕事で」

「ああ、それじゃエキストラ？」

「ええ。——ええ、そうなんです」

「そうか。エキストラは女だけって聞いてたけどな」

大分くたびれた若い助監督である。

「でも、呼ばれたんで……」

「そう。じゃ、エレベーターで五十階まで上って。他にも何人か来るから、そこで待ってて」

「分りました」

うまいぞ！　長町はエレベーターへと急いだ。顔を知ってる人間に見られたくない。

高速エレベーターは五十階まで停止することなく上って行く。何だかちょっと耳がおかしくなった。

長町はエレベーターを降りた。

幸い、まだ誰もいない。一つ上るとレストランフロアらしく、エスカレーターがある。

「へえ、こいつは怖いや」

五十階だけ、吹き抜けの空間の真中を貫いて、真直ぐな空中の通路があった。もちろん、胸より高いくらいの手すりがあるが、それでも下を覗くと、めまいを起しそうな高さである。

　ここからあいつが落ちれば……。

　もちろん、誰がやったか、分らないようにするのだ。——さすがに長町も「殺人罪で捕まりたくない」と考えついたのである。

　今、「エキストラか」と訊かれた。ということは、これから何人かエキストラがやって来るということだ。

　エキストラはいちいち身分証なんか持ち歩いていない。何人いるか分らないが、うまく紛《まぎ》れ込《こ》めば、あの女に近付けるだろう。

　長町はもう一度、下をそっと覗き込んだ。


「ほら」

　と、亜矢子は頭上を指さして、「通路から今、誰か覗いてますよ」

　と言った。

「だから何だって言うんだ」

　と、納谷はまだむくれている。「僕はスターなんだぞ！」

「もう……。いい加減、覚悟を決めて――」

と言いかけたとき、ケータイが鳴った。「――あ、もしもし？　森川さん？　――ええ、まだごねてます」

「ごねてない！　主張してるんだ！」

と、納谷が言った。

「静かにして下さい！　――ええ、そうです。――分りました！　お願いします」

亜矢子はホッとして、正木の方へ、「監督、森川さん、こっちへ向ってるそうです。三十分で着くと」

「そうか。しかし、三十分か……」

散々粘って何時間も使うくせに、「何もしないで三十分」がもったいないのである。

「――よし、あの通路から見下ろしたカットを先に撮ろう」

と、正木は言って、カメラマンの市原に、

「おい、五十階へ上げといてくれ」

と、声をかけた。

「僕は行かなくていいんでしょ？」

と、納谷が訊く。

「今はな。後で森川が来たら、一緒に上って来い」

納谷は不服顔で黙ってしまった。

「おい、亜矢子、市原と上に行っててくれ。いい角度を決めとけ」

「私がですか？」

「市原と相談しろ。俺は、アリサたちのセリフをひねり出す」

「分りました」

亜矢子は行きかけて、「納谷さん、帰っちゃわないで下さいよ！」

納谷がギクリとした。やっぱり「帰っちまえばこっちのもんだ」と思っていたのに違いない。

先に五十階へ上ると、亜矢子は吹き抜けを貫く通路へ入って、手すり越しに下を見下ろした。

「わあ、高い！」

高所恐怖症でなくても、一瞬ゾクッとする。

――その姿を、長町は見ていた。

今は周囲に人がいない。今なら、簡単にやっつけられる！

だが、足を踏み出したとき、エレベーターがまた上って来た。

カメラを運ぶ助手たちを連れて、市原がエレベーターから降りて来ると、

「おい、亜矢子ちゃん、どこだ？」

「こっちです！」

と、亜矢子が手を振った。

――長町は舌打ちした。せっかくいい機会だったのに……。


「ここから下を見下ろすんだな」

と、市原が通路の手すり越しに下を覗いて、「こりゃ凄い」

「ね、そうでしょ？」

と、亜矢子が言った。

「これなら広角で高さを強調しなくてもいいかもしれないな。――ちょっと覗いてみよう。おい、カメラ！」

今は映画用のカメラも昔のように大きくはない。手持ちで充分いい絵が撮れる。

市原は助手にカメラを持たせて、

「ぐっと突き出せ。下に向けて。――そうだ。しっかり持ってろよ」

と、カメラを覗いて、うーん、と唸った。

「どうしたんですか？」

と、亜矢子が訊いた。

「やっぱり、ちょっともの足りんな。少し広角レンズでいこう」

広角レンズは遠近感が実際より強調されて映る。「恐怖感を強調するわけじゃないんだろ？」

「シナリオでは特にそういうシーンじゃありません。高さでゾッとさせるのは、あの崖のシーンで沢山ですよ」

亜矢子の言葉に市原は笑って、

「いや、ありゃ大したもんだった。特に出演者にクレジットしてもらったらどうだ？」

「スクリプターだけで結構です」

と、亜矢子は言った。「スタントの仕事が殺到したら困りますから」

「それは言えるな」

市原はレンズを選ぶと、「監督にＯＫ取っといてくれ」

「了解です」

亜矢子は自分の台本に、レンズの長さを記入した。前後のカットとつないで不自然になっては困る。

「広角レンズの方が、ピントがシャープになりますよね」

「うん。ただ、それにはちょっと明りが足りないな。といっても、このビルの照明を勝手にいじれないしな」

広角レンズを絞《しぼ》ると、ピントは全体にくっきりするが、レンズから入る光の量が減るから、ライトを増やす必要がある。

「この高さで、明るくするのは大変ですよ」

「そうだな。ロビーをできるだけ明るくしよう」

と、市原は言って、ちょっと首をかしげた。

「どうも妙だな……」

「何がですか？」

「何となく、全体にもやっとしてるというか……。まあ、充分撮れるが」

亜矢子のケータイが鳴った。

「――監督、こっちは準備終りそうです。――分りました」

亜矢子は市原へ、

「監督を連れて来ます」

と、声をかけて、エレベーターの方へと歩き出した。

監督を連れて来る、と言ったが、実際は……。

「お前は俺を殺す気か！」

と、納谷はエレベーターの前で、まだ抵抗していた。

「下を覗き込むカットは森川さんが代るんだから、いいじゃありませんか」

と、亜矢子はうんざりして言った。「こんなことしてる間に終っちゃいますよ」

「俺は、自分が高い所にいる、と思うだけでだめなんだ！」

「そんな……」

正木がやって来た。アリサと由美が一緒だ。

「おい、〈月刊シネマ〉の取材だ」

と、正木が言った。「アリサとのツーショットが欲しいそうだ」

「え……。でも……」

納谷がブツブツ言っていると、アリサが納谷に寄り添って、しっかり腕を組んでニッコリ笑った。

「あ、いいですね！」

取材に来たカメラマンがシャッターを切る。レンズが自分に向けば、そこはスターだ。納谷もいつものもの、ちょっとクールな二枚目の笑顔を作る。

「あ、エレベーター、来たわ」

と、アリサが言って、扉が開いたエレベーターへ、納谷としっかり腕を組んだまま、スッと入ってしまう。

そして、正木や亜矢子たちもすぐ続いて、

「はい、五十階行き」

亜矢子は〈50〉のボタンを押した。

納谷は、いやとも言う間がなく、エレベーターは五十階へと上り始めた。

「畜生！　引っかけたな！」

「そんなはしたないセリフはやめて下さい」

と、亜矢子は言った。

「こうなったら、さっさと撮って済ませた方がよかろう」

と、正木がニヤリと笑った。

五十階に上ると、スタッフがカメラをセットしている。

「――うん、いい眺めだ」

正木は通路から下を覗き込んで言った。「この角度でいいだろう」

「下を向くカメラのカットは、撮っておきました」

「よし。じゃ、納谷君、通路の真中辺りで、手すりに手をかけてくれ」

「通路って……下は空中なんですよ！　何もないんです」

「分ってるよ。すぐ済むから」

「しかし、もし通路にいる間に大地震が来たら？　通路が落ちるかもしれませんよ」

「大地震が来ない可能性の方が高いぞ」

「分ってますよ」

納谷が本当に青くなっているので、亜矢子はびっくりした。――これは本物の高所恐怖症だ！

別に今まで疑っていたわけじゃないが、スターの常で、多少オーバーに言っているのかと思っていたのだ。

そのとき、葛西が、

「監督！　今、森川さんが着きました」

と、ケータイを手に言った。

「そうか！　すぐ仕度させて、ここへ来いと言ってくれ」

「助かった！」

と、納谷は息を吐いて、「じゃ、僕はもう帰るよ」

「だめだ」

と、正木が言った。「こっちを向いて、顔の見えるカットが必要だ」

「そんな……」

「納谷さんと腕を組んだ、二人のカットじゃだめですか？」

と、アリサが言った。

「シナリオと違うぞ」

と、正木は渋い顔をしたが、「――まあいい。何とかつなげよう。亜矢子」

「はい」

「どうしたらつながるか、考えといてくれ」

「分りました」

正に「決死の覚悟」で、通路に出て行った――というより、アリサに引張られて行った――納谷は、カメラをにらみつけるような表情で通路の真中辺りに立って、片手をこわごわ手すりにかけた。

「――よしカット！　ＯＫ！」

正木もこう言わざるを得なかった。

納谷は「カット！」の声がかかったとたんその場にしゃがみ込んでしまい、助監督たちにかつがれるようにしてエレベーターへと向った。

「早く一階へ下ろしてやれ」

と、正木が呆れたように言った。

入れ替りに森川が上って来た。

「どうも、遅くなって」

「ご苦労さま」

と、亜矢子は言った。

ちゃんと納谷と同じ服装になっている。

「マネージャーさんが用意しといてくれたよ」

「文果さんが？　さすがだなあ」

こんなこともあろうかと、全く同じ衣裳を用意しているのだ。むろん、何かで汚れたり破れたりすることもあるのだから。

「監督、何をすれば？」

と、森川が訊いた。

「うん。その通路から手すり越しに下を覗き込んでくれ。ちょっとオーバーなくらいに、思い切ってのり出してくれないか。顔が見えなくなると、使いやすい」

「分りました」

「亜矢子。位置を教えてやってくれ」

「はい。——アリサさんも写り込まないとおかしいですよね」

「うん、そばで立ってるだけでいい。腕を組んでたら、覗き込めないだろ」

亜矢子は、森川に立ち位置を教えて、

「この手すり越しに」

「分った。——ほう、こりゃなかなかのもんだ」

と、森川が下を覗いて言った。「しかし、君のようにぶら下るわけじゃないからな」

「もうごめんですよ」

と、亜矢子は笑って、「じゃ、よろしく！」

メイク係がアリサの髪を直した。カメラは同じ位置だ。

「よし、テスト一回で本番だ！」

正木の声にも、ホッとした気分がある。

森川が手すりからのび上るようにして、下を覗き込む。

「——カット！　うん、今のでいい。ライト、アリサの顔に影ができてるぞ」

「私、少し退《さ》がりましょうか」

「いや、そこでいい。本田、スポットを当ててくれ」

「分りました」

小さな照明をアリサの顔に当てて、影ができないようにする。

「よし、本番！　——用意、スタート！」

森川は、見ていた亜矢子がヒヤリとするほど身をのり出して下を覗いた。

「——よし、カット！　ＯＫだ」

正木は満足気だった。

終ってしまえば、監督や役者はさっさと一階へ。スタッフがカメラや照明を運びにかかる。

亜矢子は残って、通路のカットを台本に絵で描いた。——アリサが入って来たり、シナリオと変っているから、後で矛盾が出ると困る。

スタッフは重いカメラなどをバフして、エレベーターへ運び込んでいる。

亜矢子は、通路の真中まで行って、森川が覗き込んだ所から改めて下を見下ろした。

主だったスタッフが下りて、亜矢子の他は二、三人のスタッフが床の汚れをきれいにしているだけだった。

納谷は今ごろ下でのびているだろうか？

さっきの取材班がまだ待っていたら、シャンとして見せるだろうが――。

エレベーターが上って来て、カメラマンの市原が降りて来た。

「おい、俺のサングラス、落ちてなかったか？」

と、捜している。

亜矢子は、台本を閉じて、通路を戻りかけた。誰かがそばに来ていたが、スタッフの一人だと思って、見ていなかった。

突然、後ろからがっしりと抱きしめられ、

「俺の邪魔はさせないぞ」

と、耳もとに声がした。

「え？」

「俺だ。長町だ」

全く予期していなかった。亜矢子は抱え上げられ、手すり越しに――。

「あ……」

叫ぶ余裕もなかった。台本を投げ出して手すりにつかまれば良かったのだが、反射的に台本をしっかり抱え込んでしまっていたのだ。

亜矢子の体は手すりを越え、頭から宙へ投げ出された。

ああ――。私、死ぬ？

そう思ったのは一瞬で……。

え？　――え？

亜矢子はわけが分らなかった。落ちたはずなのに、亜矢子の体は宙に浮んでいた。

私、もう幽霊になったの？

そうじゃない！

通路の十メートルほど下に透明なビニールが張ってあったのだ。――こんなもの、気が付かなかった！

たぶん、落下を防ぐためだろう。それに物が落ちれば、下の人が大けがをする。

それにしても――亜矢子の体重を支えて、大きく揺れている。

「助けて！　誰か！」

と、亜矢子はやっと叫んだ。

「――どうした！」

と、市原が通路から覗いて、「おい、そんな所で何してる？」

「落とされたんですよ！　早く引き上げて！」

と、亜矢子は叫んだ。

「ビニールが張ってあるのか！　それで分った！　どうも画面が少しモヤッとしてた」

「感心してないで！　ロープ投げて！」

丈夫にできてはいるのだろうが、何しろビニール一枚である。いつ破れるか、外れるか……。

「おい、ロープあるか？　――ない？　おい、今、取り寄せるから」

「そんな呑気な……。消火栓ないですか？　中にホースがあれば」

「あ、そうか。待ってろ！」

市原が姿を消して、たぶん一分は待たなかったろうが、長かった！　下のロビーでも騒いでいる。そりゃそうだろう。亜矢子が空中に浮んでいるのだから。

「あったぞ！」

市原が消火ホースを引張って来た。投げ落とされた消火ホースにしがみつくと、若いスタッフが三人がかりで引張り上げてくれた。

「――助かった！」

亜矢子は通路へ転り込んで、「長町！　あいつは……」

「誰かエレベーターで下りて行ったよ」

「殺してやる！」

と、亜矢子は怒鳴ったが、さすがにすぐには立ち上れない。

エレベーターが上って来て、正木やアリサ、森川も駆けつけて来た。

「おい、大丈夫か！」

と、正木が亜矢子の手を取って、「まだ死ぬなよ！」

「まだ」が気になったが、

「生きてますよ。ああ、台本を置いて来ちゃった！」

台本が一冊、五十階の吹き抜けの途中で浮んでいるという、何ともシュールな光景になったのである……。

19　光と影

「ここか」

車を降りて、納谷が言った。

ちょっとした美術館のような造りの門構え。どこにも名前は出ていないが、知る人ぞ知る高級なフレンチレストランだ。

「超高層ビルじゃないからいいでしょ」

と、亜矢子は言った。

「人をからかって面白いか」

と、納谷が口を尖らしている。

「凄いですね」

と、一緒に車に乗って来た、マネージャーの杉下文果がちょっと心配そうに、

「私、こんな服しか持ってないんですけど……入れてくれるでしょうか」

「大丈夫よ」

と、亜矢子は文果の肩を叩いて、「私のこのスーツだって、大したことない」

「でも……」

「さ、監督を待たせると私が八つ当りされるわ」

——ほぼクランクアップしての夕食会。

亜矢子はハイヤーで納谷と文果を迎えに行ったのである。

一流ホテルのようなフロント。亜矢子たちはコートを預けた。

「他に誰が来るんだ?」

と、納谷が訊いた。

「言ってませんでしたっけ?　アリサさん、葛西さん、それにカメラの市原さん。録音の大村さん……」

「みんな監督のおごりか?　珍しいな」

「いいんですか、私まで」

と、文果は申し訳なさそうだ。

「監督がせっかく言ってるんだから。さ、個室、借りてありますから」

亜矢子たちはレストランの人の案内について、奥まった個室へと向った。

「――監督、納谷さんです」

ドアが開くと、亜矢子は言った。

「やあ、よく来た」

正木は上機嫌な様子だった。

「どうも」

水原アリサはきちんとしたスーツ姿である。

「席について、何か飲んでいよう」

と、正木が言った。「その内、市原と大村も来るだろう」

「仕事ですか」

と、納谷が言った。

「うん。ちょっと雑用でな」

正木は曖昧に言って、「亜矢子、あの長町って奴、捕まったそうだな」

「ええ、ゆうべ遅く。思い出しても怖いです」

とりあえずシャンパンで乾杯する。

「――納谷君はよく頑張ってくれた」

と、シャンパングラスを空《から》にすると、正木が言った。「さすがに人気スターだ。いい絵が撮れたよ」

「はあ……」

納谷は複雑な表情をしていた。――あんなに色々あったのに。

それでも、正木は別に皮肉を言っている風ではなかったのである。

天才監督ってのは分らないな。――納谷はそう言いたげに、自分もシャンパンを飲み干した。

食事がスタートしても、正木は上機嫌で、撮影中のエピソードを思い出しては笑いのネタにしていた。一番よく出てくるのが、亜矢子を巡《めぐ》る話なのは当然のことだった。

その内、葛西が市原、大村と一緒にやって来た。

「遅れまして」

と、葛西が席につく。

「どうだった？」

と、正木が訊くと、

「悪くなかったですよ」

と、葛西が肯いた。

「いや、なかなか良かったよ！」

と、カメラマンの市原が言った。「あれなら充分――」

「その話はいい」

と、正木が遮って、「何でも好きなものを飲め。安酒は置いてないぞ」

「高いワインは苦手なんですがね」

と、大村が笑って、「でも、酔えば同じことか」

納谷はテーブルを見渡して、

「監督。まだ誰か来るんですか?」

と訊いた。

空いた席が、まだ三つある。

「来られるかどうか分らんがな」

と、正木は言って、「この生ハムはいける! 亜矢子、旨いだろ」

「ええ、そうですね」

白ワインが開けられ、グラスに注がれた。

「一本じゃ足りんな。もう一本頼もう」

と、正木が言った。

そこへ、ドアが開いて、

「まだ間に合った!」

と、入って来たのは、息を弾ませている貝原エリだった。

納谷が目を丸くしている。——貝原エリのような新人を、こんな席に呼ぶのは妙だったからだ。

「まだ始まったばかりだ。さ、座れ」

そして、
と、エリが言い終らない内に、照明マンの本田が入って来た。

「はい。──今、他の二人も」

「──お邪魔します」

と入って来たのは、安井真衣だった……。

「これで全員だな」

と、正木が言った。「さ、ともかく一杯飲め」

「私、まだ十七で……」

と、エリが言った。

ジンジャーエールをもらって、エリは正木や葛西を見ながら、

「よろしくお願いします」

と言って、グラスに口をつけた。

「私もあんまり強くないので」

と、真衣が言って、「一杯だけいただきます」

「そうか。どうだね、映画の現場は？」

と、正木に訊かれて、真衣は微笑むと、

「ええ。充実感があります。私も夢中になりそうです」

「それは良かった。亜矢子に何でも訊くといい」

「はい、そうします」

「ふーん」

と、納谷がワインを飲みながら、「君も映画の世界に入ることにしたの?」

「ええ」

と、真衣は愉しげに肯いて、「正木監督の次の作品から、しっかり現場で勉強します」

正木が付け加えるように、

「もちろん、次がどうなるか分らんがな」

と言った。「おい、もう料理もどんどん出してくれ」

と、皿を下げに来たウェイターに声をかける。

「かしこまりました」

すぐにスープが出て、続いて魚料理。ムニエルだ。

「うん、魚が新鮮だ」

と、正木は満足げである。

亜矢子は、「ちょっと」と、席を立って、個室を出ると、化粧室へ行った。

化粧室から出て来ると、

「おい」

目の前にヌッと納谷が出て来て、びっくりする。

「何ですか？」

「おい、何を俺に隠してるんだ！」

と、納谷が酒くさい息で、「教えろ！」

「何のことですか？」

「冷たいじゃないか。知ってるんだろ？　監督、何を企《たくら》んでるんだ？」

「企むって……」

亜矢子は呆れたように、「監督はギャングのボスじゃないんですよ」

「水くさいじゃないか。次の企画がもう動いてるんだ。違うか？」

「知りませんよ、そんなこと」

「じゃ、市原や大村たちが、今ごろまで何してたんだ？」

「さあ……。別の仕事の打合せとか……」

「嘘つけ。お前が知らないわけないだろう！　正木監督の女房役のくせして」

「女房役だって、知らないものは知りません。監督にじかに訊いてみたらどうですか?」

と言っておいて、亜矢子は個室へと戻って行った。

「う−ん……」

と、貝原エリが唸った。

「どうしたの?」

と、亜矢子がナイフとフォークを持った手を止めて、「具合でも悪い?」

「いえ、そうじゃないんです」

エリの前の皿には、メインのステーキが最後の一口ぐらいの大きさで残っていた。

「それじゃ……」

「私、たぶん生涯もう二度とこんな柔らかいステーキなんか食べること、ないと思うんで……。この一口をどうやって食べたらいいか、悩んでるんです」

亜矢子は笑って、

「大げさね! スターになれば食べられる」

「私がスターになるなんて……。その可能性と、世界が食料不足になって、牛肉が食べられなくなる確率と、どっちが高いですかね」

エリが大真面目に言ったので、みんなが笑った。

「心配するな」

と、正木がワインのグラスを手にして、「俺が君をスターに育ててやる」

「ありがとうございます！」

エリは頬を紅潮させて言った。

すぐ安請《やすう》け合《あ》いするんだから……。亜矢子はため息をついた。

正木は続けて、

「次作で、ちゃんと役をつけると言ったろう？　俺を信用しろ」

納谷が黙っていられなくなったようで、

「監督、その次作には僕は入ってるんですか？」

と訊いた。

すると——正木だけでなく、葛西や市原、本田、大村といった面々も一斉《いっせい》に食事の手を止めたのである。そして、みんなの目は正木へと向いた。

「——君が入るかどうか、と訊かれてもね」

と、正木が口を開いて、「何を撮るかも決ってないんだ。分るだろ？」

「じゃ、どうしてその子には役がついてるんですか？」

「女の子の一人や二人は出るさ。しかし、主役クラスとなると、小さな役では使えない。そうだろ？」

エリが、ステーキの最後の一切れを思い切って（！）口へ入れた。

「う－ん……」

と、また唸って、「いつ呑みこもう」

「一人で悩んでろ」

と、納谷がやけ気味になって言った。

「――あ、そうだ」

と、杉下文果がナプキンで口を拭って、「忘れてたわ。――すみません。私、お先に失礼します」

「何だ？　後はデザートだぞ」

「惜しいですけど、後回しに出来ない仕事なので」

「そうか。ご苦労さん」

と、正木は言って、「納谷君も一緒に帰るか？」

「帰したいんですか？」

「そんなこと言ってやしない」

「納谷さんはごゆっくり」

と、文果は席を立つと、重そうなバッグを肩にかけて、「――ではお先に」

「ちょっと」

亜矢子は個室を文果と一緒に出て行った。

そして――数分して戻って来たとき、もうデザートの皿が置かれていた。

「アイスクリームが溶けますよ！」

エリは本気で心配しているようだった。

「大丈夫よ」

亜矢子は席に着くと、アッという間にデザートを食べ終えてしまった。

「もったいない！」

と、エリがため息をついた。「私、十五分はかけるわ、こんなおいしいもの」

「――あ、すみません」

亜矢子のケータイが鳴ったのである。急いでケータイを取り出して、

「――もしもし？　――お母さん、どうかしたの？」

と言いながら個室を出て行く。

「忙しい奴だ」

と、正木は笑って、「なあ、君もあんな風にせかせか生きるようになるんだぞ」

と、真衣へ言った。

「大丈夫です。もともと私、せっかちなんで」

「それならいいが」

亜矢子が戻って来て、

「すみません、母から連絡が。大和田さんが具合悪くて入院したと」

「まあ、父が?」

と、真衣がびっくりして、「どうなんでしょう、具合?」

「病院へ行くわ。真衣さんも?」

「もちろんです」

「大事なスポンサーだ」

と、正木は言った。「亜矢子、様子を知らせてくれ」

「分りました！　真衣さん、行きましょう」

二人が急いで個室を出て行く。

エリが心配そうに、

「次の作品、作れます？」

と言った。

撮影所はもう暗くなっていた。

しかし、スタジオの一つからは明りが洩《も》れて、人の声が響いている。

「誰も僕を捕まえることなんかできやしないぞ！」

と、声が響いた。「僕は自由だ！　永遠に自由なんだ！」

五メートル以上の高さに、簡単な足場が組まれていた。そこに、壁と窓だけのセット。その内側でセリフを言っているのは、森川だった。

照明が当っている。しかし、カメラもマイクもなかった。

「見てろ！」

と叫ぶと、森川は窓枠に片足をかけ、力一杯、空中へ飛び出した。

落ちて行く姿勢もみごとに、森川の体は、五メートル下の重ねられたマットレスの上に落ちた。

起き上って、森川は息をつくと、重ねたマットレスから床に下りた。

スタジオの中に拍手が響いた。

「誰？」

森川がびっくりして声をかけると、

「おみごとですね」

「あなたは……」

その辺りが薄暗かったせいもあって、森川は少し歩み寄って、「——ああ、あなた、納谷さんのマネージャーの……」

「ええ、杉下です」

と、文果が言った。「凄いですね、あんな高い所から」

「まあ、それが仕事ですからね」

と、森川は言った。「まだお仕事で？」

「マネージャーは雑用が多いんです」

「なるほど」

「森川さんは、何を？」

「いや、正木監督からこの場面をやってみてくれと言われて」

「まあ。でも〈闇が泣いてる〉に、こんなシーン、ありました？」

「いや、次の作品ってことでした」

「次の？　――監督がそう言ったんですか？」

「ええ。今日、撮影が終った後に来てくれと言われたんです。何の用か分らなかったんですが……」

「じゃ、今の場面を？」

「ええ、突然言われて、びっくりしました。でも、次の作品でも使ってもらえるのなら、と思って、思い切ってやりましたよ」

と、森川はタオルで汗を拭いた。

「凄い迫力でした」

「そうですか？」

と、嬉しそうに、「まあ、これぐらいの高さだと……」

「怖くありません？　納谷さんほどじゃないけど、私も高い所、苦手で」

「いや、中途半端な高さだと、却って危いんです。途中で体の向きを直せないですからね。これくらいあると、うまくマットレスの上に平らに落ちられます」

「そんなものですか」

と、文果は感心したように、「今日、正木監督と食事してたんですけど、葛西さんたちが遅れてみえたのは……」

「ああ、カメラの市原さん、音声の大村さんもいらしたんです」

「大村さんも？　――今のダイビングの前のセリフも稽古したんですか？」

「ええ、ちょっとびっくりしました。だって、こっちはスタントマンですからね。どうせセリフは後で他の人が入れるわけで……。でも、大村さんはちゃんとマイクで拾ってくれてましたね」

「まあ……。それじゃ、監督、きっと森川さんにセリフのある役を考えてるんですよ」

「そうですかね？」

「でなきゃ、マイクで拾ったりしませんよ」

「それなら嬉しいけどな……。まあ、どうせ大した役じゃないだろうけど、タイトルに名前が出るかもしれませんよね」

「スタントマンでなく、普通のキャストとしてね」

「夢ですね、それは」

と、森川が微笑んだ。

「でも――どうして一人で練習してたんですか？」

「いや、もちろん、もう帰ろうとは思ったんですよ。ただ、飛ぶときのタイミングとか、足にかける力の具合とか、体に覚えさせるためには、ある程度の回数、飛ばないとね」

「凄いですね。プロだなあ」

と、文果は感心している様子。

「これで金をもらってるんですからね」

と、森川は言った。「さて……。あと一回やって終ろう。見ててもらえますか？」

「ええ、もちろん」

と、文果は肯いた。

「飛んでるときの姿勢がきれいでないとね。バタバタしてるように見えたら、みっともない」

「コントロールできるんですか」

「このカットを実際に撮るとしたら、スローモーションになると思うんです。現実の動きじゃ、速すぎて分りませんからね。たぶん、いくらかスローモーションにして、はっきり動きが見えるようにするでしょう。スタントなら、スローにして顔がカメラの方を向かないようにしないとね」

「難しいんですね」

「じゃ、ちょっと行って来ます」

「拝見してます」

森川は足場の方へ歩いて行くと、足場を組んだスチールパイプを手早くよじ上って行って、窓のセットの所に立った。

ライトが森川に当っている。——足下の床は暗いので、よく見えない。

しかし、森川には、体が覚えているという自信があった。

「じゃ、杉下さん、合図もらえますか」

と、森川は文果に呼びかけた。「その方が飛びやすいので」

「分りました！」

と、文果が大きな声で、「じゃ、監督みたいに、『ヨーイ、スタート！』って言いますね」

「ああ、いいですね。感じが出る」

「じゃあ……ヨーイ、スタート！」

森川は大きく息を吸い込むと、

「誰も僕を捕まえることなんかできやしないぞ！　僕は自由だ！　永遠に自由なんだ！」

と、力一杯セリフを言って、「——見てろ！」

と、窓枠へ片足をかけた。

そのとき、

「飛ばないで！」

と、鋭い声がスタジオに響いた。

そして、スタジオの照明が一杯に点いて、昼間のように明るくなった。

森川がびっくりして、

「亜矢子君！」

亜矢子がスタジオの入口を入った所に立っていた。

「森川さん。そのまま飛んだら、死んでますよ」

と、亜矢子は言った。

「え？」

森川は明るい照明の中で、下に重ねたマットレスを見下ろした。「——位置がずれてる！」

「その高さから、床のコンクリートに落ちたら、骨折ぐらいじゃすまないですよ」

「しかし……」

「あなたがマットレスを動かしたのね、文果さん」

亜矢子は、青ざめて立ちすくんでいる杉下文果の方へ目を向けた。

「どうして……」

と、森川は足場から身軽に下りて来た。

「文果さん」

と、亜矢子は言った。「あなたは、納谷さんを守りたかったんですね」

「だって……はっきりしてるじゃありませんか。正木さんは、森川さんに主役をやらせようとしてた」

文果の声は震えていた。「スターは納谷さんなんです！　それなのに……」

「そんなわけ、ないじゃないか」

と、森川が言った。「こんなスタントマンに、突然スターの代りがつとまるわけがない」

「でも……納谷さんは怖がってました。『俺の時代はもう終りだ』って、私と二人になると沈み込んでしまって……」

「文果さん――」

「私が一人でやったことです！」

んです！」

と、文果は叫ぶように言った。「納谷さんは何も知りません！　私が勝手にやった

突然、文果は駆け出した。

「待って！　文果さん！」

文果はスタジオの奥へと駆けて行くと、組み立てられた別のセットの中へと姿を消した。

亜矢子は文果を追いかけて、そのセットの中へ入って行ったが――。

突然セットの壁が倒れて来た。

「キャッ！」

亜矢子は両手で頭を抱えてうずくまった。もちろん、壁といってもベニヤ板だ。けがはしなかったが、押しのけて出るには手間取った。

「大丈夫か！」

森川がやって来ていて、亜矢子の手をつかんだ。

「ええ……。文果さんは？」

足音がして、スタジオの外へと出て行く。

「出て行ったわ！　追いかけましょう！」

亜矢子は駆け出した。

スタジオの外へ出ると、走って来たのは倉田刑事だった。

「倉田さん！　文果さんは？」

「それが、スタジオの間の細い道へ入って、見えなくなっちゃったんだ。すまない」

と、倉田は息を弾ませた。

「待って」

亜矢子は足を止め、耳を澄ました。

車のエンジンの音がした。

「車だわ！」

どこへ停めておいたのか、小型車が一台、撮影所の門から走り出て行った。

「倉田さん、車は？」

「駐車場だ」

「じゃ、とても追いかけられないわね」

亜矢子は首を振って、「正木さんに連絡します」

と言った。

「何てことだ……」

と、森川が呟くように、「僕は危うく死ぬところだった……」

「本当に死んだ人もいます」

と、亜矢子はケータイを手に言った。

「それは——安井さんのこと？　まさか、彼女が？」

亜矢子は答えずに、正木へと電話を入れた……。

20　闇は泣かない

「何だって？」

納谷は亜矢子の話に愕然とした。「あいつが？　文果がやったっていうのか！」

「少なくとも、森川さんを事故に見せかけて殺そうとしました」

と、亜矢子は言った。「文果さんはあなたのためと思って——」

「よしてくれ！」

と、納谷は遮って、「僕のせいだっていうのか？　僕は何も知らないぞ！」

「文果さんもそう言っていました。そう言って、姿を消してしまったんです」

食事を済ませた正木たちは、正木がよく行くバーに移っていた。

葛西以外のスタッフ、市原、本田、大村たちは帰っていたが、水原アリサ、貝原エリの二人は正木についてバーに来ていた。

「大和田さんは入院していますが、大したことはないようです」

と、亜矢子は正木に言った。「私はこれから病院に行きますが、先に行った真衣さんから連絡がありました。大和田さん、腰痛の持病があるそうで、今回もそのせいで動けなくなったらしいです」

「そうか」

と、正木が肯いた。「それなら良かった」

しばらく沈黙があった。——口を開いたのは、水原アリサだった。

「でも……あの真面目そうな杉下文果さんが……。信じられないわ」

と、アリサは言った。

「ともかく、僕は知らない」

と、納谷はくり返した。

「納谷さん」

亜矢子は納谷へちょっと厳しい目を向けて、「他に言うことはないんですか？　文果さんはあなたに献身的に尽くしたのに」

「分ってるよ。しかし——あんまりびっくりしたから……」

「私、心配してるんです」

と、亜矢子は言った。「文果さん、自分でけりをつけようとするんじゃないかしらと思って……」

「まあ……」

アリサが口に手を当てた。

「どこにいるか分らないんですか？」

と、貝原エリが言った。

「それを納谷さんに訊きたかったんです」

と、亜矢子は言った。「どこか、文果さんの行きそうな場所に心当り、ありません？」

「分らないよ、そんなこと。いちいちマネージャーの居場所まで聞いちゃいないからね」

「冷たいんですね！」

と、エリが怒ったように言った。「少しは心配したらどうですか！」

「僕が悪いって言うのか！」

納谷は腹を立てたように、「みんな、僕のことばかり責めてるが、僕は本当に何も知らないんだ」

「分りました。別に責めちゃいませんよ」

と、亜矢子が言うと、

「納谷君、彼女のことを考えてやれ」

と、正木が口を開いた。「もし、自分でけりをつけるにしても、君へ一度は電話して来るんじゃないか」

「そうかもしれませんが……。僕にはどうすることもできませんよ」

納谷はそう言って肩をすくめた。

亜矢子には、納谷が不安でいること——マネージャーの犯罪が、自分にとって悪い評判になるのではないかと心配していることが、よく分った。

確かに、スターというのは、ある意味儚《はかな》い存在である。他の誰にも替えがたい大スター、名優ならともかく、代りのきかないことがない大部分のスターは、ほんのちょっとしたスキャンダルでキャリアを絶たれてしまうことがある。

いつも薄氷の上を歩いているようなものなのだ……。

亜矢子は自分のジンジャーエールを飲み干すと、

「じゃ、私は大和田さんを見舞に行って来ます」

と、濡れたグラスを置いた。

そして、ふと思い付いたように、

「納谷さん。──文果さんがマネージャーに付いた最初の作品って、何でしたか？」

「え？　さあ……」

納谷は面食らった様子で、「憶えてないな。もう何年も……」

「思い出してみて下さい。出演した作品、一本ずつ考えれば……」

「そう言うけど……。TVだってあるし、どれが先だったかなんて……」

「私、初めて納谷さんを映画で見たのは、〈砂山の果て〉でした」

と、アリサが言った。

「あれは……もう十年以上前だ。まだ二十歳になるかならずで、まだ文果じゃなかった。──そうか。あの続編が三年後にできて……。うん、あのときは文果がマネージャーだった。鳥取《とっとり》の砂丘でロケしたとき、あいつが砂の中で転んで砂まみれになったのを憶えてる」

「じゃ、それが最初でした？」

「待ってくれ。──いや、あの一つ前。そうだ。〈暗黒列車〉のときだ」

「そんな映画、ありました？」

と、エリが首をかしげた。

「まあ……大した映画じゃなかった。夜行列車で人が次々に死んでいく……。

「ホラーみたいなもんだ。夜中の撮影が多くて、文果の奴、いつも現場でウトウトしてたっけ」

と、納谷は言った。「M駅って知ってるか？　貨物専用の駅で、客は乗り降りしないから、ほとんど知られてない」

「分ります」

と、亜矢子は言った。「K線の分岐点ですよね」

「よく知ってるな」

「スクリプターは何でも知ってないとつとまらないんです」

「あの駅のホームや周囲の線路で、何日も夜中に撮った。列車の通らない時間しか使えなかったからな」

と、納谷は肯いて、「そうだ。あれが文果がマネージャーになって最初の映画だ」

「こんな所で降りるんですか？」

と、タクシーの運転手がふしぎそうに言った。

「ええ、ここで」

亜矢子は料金を払って、タクシーを降りた。タクシーが走り去ると、辺りには静寂《せいじゃく》があるばかりだった。

貨物専用の駅は、改札口もないので殺風景そのもの。でも、腰ほどの高さの柵の向うにホームがあり、その向い側にもホームがあった。今は夜中で、列車も通らないのだろう、人の姿はなく、明りも消えていた。

亜矢子は柵をヨイショと乗り越え、ホームに入った。

見当違いだろうか？

でも、スクリプターは、直感で仕事をしなければならないことが、ままある。今の亜矢子も同じだった。

違っていれば、どこかその辺で朝になるのを待っているしかない。でも……。

そのとき、足音が聞こえた。

向いのホームへと渡る陸橋がある。その上の方から足音が聞こえた。

階段の明りも消えているので、見上げても暗闇しか見えなかった。でも、誰かいる。

亜矢子は思い切って、

「文果さん！」

と、呼びかけてみた。

足音が止った。――返事はなかったが、もう一度、

「文果さんでしょ？　私、亜矢子よ」

少し間があって、上の方の暗闇から、

「――どうしてここが分ったの？」

と、文果の声がした。

「スクリプターは何でも知ってるの」

と、亜矢子は言った。「話をさせて。そっちへ行っていい？」

「だめ！　やめて！」

と、文果の声が響いた。「こっちへ上って来ないで！」

「分った。分ったわ。そっちへは行かないから。あなたが下りて来てくれる？」

「いいえ。このまま、私はここにいたいの。――暗がりの中にいるのが、私には似合ってる」

「映画屋は、みんなそうよ。ね？　ライトを浴びるのは、ほんのひと握りのスターだ

け。ほとんどの人は画面の外の暗闇で息を殺してる」

亜矢子は階段の上り口に腰をおろした。文果を落ちつかせなくては。

「文果さん……」

「私はだめなマネージャーだった」

「そんなことないわ」

「いえ、初めのころなんて、本当に気がきかなくて、ひどかったの。納谷さんは何度も事務所の社長に『マネージャーを替えてくれ』って言っていたのよ」

「でも、それは――」

「ええ、その内に、私にも分って来た。納谷さんは一人のマネージャーがずっと付いていると、自分の弱味を知られると思って、それがいやだったんです。でも、私が長く付いていて、慣れてくると、私以外の人に色々知られるのがいやだと思い始めて。――あの人は、気の弱い人なんです。スターって重荷に耐えるので精一杯だった……」

「文果さん。納谷さんのことを愛してた？」

「愛っていうのか……。男と女ってことじゃなかったのよ。もちろん、納谷さんは私のこと、女だなんて思ってなかったし、私もそんなこと期待してなかった。ただ

「……」

と、文果は少し間を置いて、「あの人が私に頼ってくれることが嬉しかった……」

ひとり言のようだった。

亜矢子はちょっと息をついて、

「――安井さんを、なぜ殺したの？」

と訊いた。

「それは……あのときと同じ」

「森川さんのときと？　安井さんが納谷さんに取って代ると思ったの？」

「納谷さんは、ひどいコンプレックスを持ってたの。アクションで売ってるスターなのに、運動はまるでだめ。もともと、あの人は演技で認められたかったの。みんな知らないけど、劇団の養成所に通ってたこともあるのよ」

「そうだったの。じゃ、ああいうイメージで有名になったのが、不本意だったのね」

「そりゃあ、スターになって騒がれるのは嬉しかったでしょう。外面のいい人だし。でも、人気があると、今度は人気が落ちるのが怖くてたまらなくなった……」

「でも、安井さんは、スターになることなんか考えてなかったでしょう」

「そんなことないわ」

と、文果は言った。「段々、スタントも大変になる。スタントのギャラで、奥さんやお子さんを養っていくのは難しい。——安井さんはあちこちで、プロデューサーや監督に自分を売り込んでたの」

それは知らなかった。——しかし、いつまでもスタントでやっていけるかどうか、不安になった安井が、役者として認められたいと思ってもふしぎはない。

「でも、文果さん、だからって……」

「あれは成り行きだったの」

と、文果が言った。「安井さんが色々なプロダクションに話をしていると聞いて——」

文果は唐突に黙った。そして、間を置いて、

「私、何とかそれをやめさせようとした。安井さんが突然いなくなったら、仕事に差し支えるし。何とか安井さんを説得しようと思ったんです」

聞いていて、亜矢子は不自然さを覚えた。

文果が突然言葉を切ったのには、何か理由があるという気がした。

「私は安井さんに、偽の企画を持ちかけたんです」

と、文果は言った。「もちろん直接は会わずに、ファックスやメールで。実在しな

い製作プロダクションの名前で、安井さんに、主演のアクションものの企画を持ちかけた。安井さんは飛びついて来たわ」

「どうしてそんなことを……」

「期待させておいて、実は冗談だったたって言ってやれば、安井さんもスターになろうなんて思わなくなるだろう、って……。ひどいと思ったけど、でも安井さんの思うように、うまくはいかないってことを思い知らせたくて……」

誰かが、文果にやらせたのだ、と亜矢子は思った。文果は続けて、

「あのホテルの最高のスイートルームで待ち合せることにして、部屋代は現金で安井さんに届けさせた。安井さんは、自分がスターになったような気分でいたでしょう。それが狙いだった……」

そうではない。安井も不安だったのだ。だからホテルの客室係の三橋邦子を引き止めて話し相手になってもらっていた。——きっと、主演という話にも、怪しさを感じていたのだろう。

それでも、万が一という気持で待っていたのだ……。

「それで、あなたが部屋へ行ったの？」

と、亜矢子は訊いた。

「行こうと思って、エレベーターに乗ろうとしたら、私をパッと追い越して、先に乗って行った人がいたの」

「女性が？」

「ええ。有田由美さんだった」

「由美さんが？」

「安井さんから、あのスイートルームの話を聞いてたんでしょうね。私、由美さんが安井さんと付合ってるなんて知らなかったから、びっくりしたけど、安井さんも奥さんに知られたくないだろうから、いいことを知ったと思ったわ。そして、由美さんの少し後からエレベーターに乗った……」


亜矢子は、貝原エリが、安井と由美のキスしているところを見たと言っていたことを思い出した。

「十五階で降りて、スイートルームの近くまで行ってみると、声が聞こえて来たの」

と、文果は言った。「まさか、と思ったわ。スイートルームの中で話してたって、廊下までその声が聞こえてくることなんかないと思ったから。でも、そばに寄って分ったの。ドアが少し開いたままになってたのよ。もちろん、自動的に閉るドアだったけど、スリッパの片方が挟まってたの。安井さんが言ってるのが聞こえたわ。『もう終りにしてくれ』って。由美さんはひどく怒ってて、『私のことを何だと思ってるのよ！』って、食ってかかってた。安井さんは、何とか由美さんを落ちつかせようとしてたけど……」

「別れ話をしてたのね、安井さん」

「ええ。聞いてる内に分ったわ。安井さんは、もし本当に自分の主演で映画が撮れるとしたら、そこで不倫のスキャンダルが明るみに出てはまずい、と思ったのね」

嘘の話とも知らずに……。でも、スターになる夢を持っていたとしたら、せっかくのチャンスを失いたくないと思っただろう。

「由美さんは、『あなた一人がスターになって、私を捨てて行くなんて、許せない！』って叫んだわ。安井さんがびっくりして、『おい、よせ！』って、ひどくあわててるのが聞こえた。私が思わず隙間《すきま》から覗くと、安井さんが逃げ回ってた。由美さんがナイフをつかんで追い回してたのよ」

「由美さんがナイフを？」

「別れ話になるのを察してたんでしょうね。でも、安井さんは身が軽い。由美さんにはとても傷つけられなかった。――由美さんは息を切らして、『覚えてらっしゃい！このままじゃすまさないから！』って怒鳴って、ドアの方へやって来た。私、あわてて壁にはりついた。ドアが勢いよく開いて、由美さんが出て来ると、手にしてたナイフを廊下のカーペットへ叩きつけるように捨てたの。そして、エレベーターの方へ行ってしまった……」

「文果さん……」

「あのとき……どうしてナイフを拾ったりしたのか。もちろん、ホテルの人が見付けたら困ると思ったんだけど、何も考えないで、ナイフを拾ってた。ドアの方へ背を向けて。そしたら、ドアが開いて、『由美！　待ってくれ！』って、安井さんが飛び出して来たの。私は、コートをはおってた。たまたま由美さんのコートとよく似た色だった。後ろ姿の私に、安井さんは突き当りそうになったの。私はびっくりして振り向きかけた。──そのタイミングだったの。気が付いたら、手にしたナイフは安井さんの胸に刺さっていた……」

しばらく間があった。──文果は、少し落ちついた声で、

「安井さんは、びっくりしたような顔で後ずさって、部屋の中へ戻って行った。私もついて入ったけど──もうどうにもならないと分った。安井さんがその場に倒れるのを、まるで幻を見るような気持で見ていた……」

「それは──事故じゃないの」

と、亜矢子は言った。「殺そうとしたわけじゃないでしょ」

「でも……警察に知らせたりしたら、納谷さんの名が出るのは避けられない。そうでしょ？　こんなマネージャーが、安井さんと、あのスイートルームで何をしてたのか、どうやったって説明できないわ」

「それで……」

「私は安井さんが死んでるのを確かめると、ドアノブの指紋を拭き取って、スイートルームを出たの。その後はどうしたか、よく思い出せない……」

それきり、文果はしばらく沈黙した。

「――でも、文果さん」

と、亜矢子は言った。「それだけじゃないはずよ。あなた一人でやったと言うなら――」

「待って！」

と、文果が遮った。「聞いて」

「え？」

「聞こえるでしょ？　あの近付いて来る音」

遠くから、その音は近付いて来る。それはたちまち大きくなって……。

「文果さん！」

「スクリプターも知らないことがあったわね」

と、文果は言った。「深夜、一本だけ貨物列車がこの駅を通過するの！」

足音が暗がりの中を駆けて行く。

「待って！　文果さん！」

と、亜矢子は暗い階段を駆け上った。

つまずいて前のめりに転んだ。

「文果さん！」

立ち上って、階段を上り切ったとき、文果は線路を見下ろす通路の真中に立っていた。広い窓に手をかけて、文果は疾走する貨物列車の前に飛び下りようとしていた。

「だめよ！」

亜矢子は精一杯の声を振り絞った。同時に、列車の轟音《ごうおん》が亜矢子の声をかき消していた。

大分飲んではいるだろう。

納谷は顔をかなり赤く染めていたが、酔ってはいなかった。

「──そうか」

亜矢子の話を聞いて、口を開いたのは正木だった。「あいつがな……」

「僕は知らなかった。本当ですよ」

と、納谷はくり返した。

「納谷さん。他に言うことはないんですか。文果さんはあなたのために、あんなことになったんですよ」

「そう言われても……。僕が頼んだわけじゃない。それに……そりゃ可哀そうだとは思うが」

──さすがに、もう明け方に近い時刻である。

亜矢子も知っている店だが、店内には正木と納谷しかいなかった。亜矢子が連絡したので、二人はこの店で待っていたのだ。

「監督」

と、納谷が言った。「この件で〈闇が泣いてる〉が上映中止なんてことはないですよね」

正木の痛い所を突いている。監督としてはせっかく完成間近までこぎつけた作品が「お蔵《くら》入り」になることは一番避けたい。

「それはないだろう。——しかし、ともかく杉下君は死んでしまったわけだな」

「列車へ飛び込んで……」

と、亜矢子は言った。「止めようとしましたが、間に合いませんでした」

「しかし、ともかく犯人は分ったわけだな」

と、納谷は息をついて、「ある意味じゃ、すっきりしたんじゃないか」

「でも、すべて分ったわけじゃありません」

と、亜矢子は言った。

「どういうことだ？」

と、正木が訊く。

「有田由美さんを刺したのは、文果さんなのか。それに、私、車ごとトラックで海中に突き落とされました。文果さんに、あんなことの手配ができたとは思えません」

「なるほど」

正木が肯いて、「つまり杉下君の背後に誰かいたってことか」

「おい、せっかく片付いたところなのに、わざわざ引っかき回さなくたっていいじゃないか」

と、納谷は顔をしかめた。

「本当のことを明らかにしなくては、文果さんは浮かばれませんよ」

と、亜矢子は言い返した。「思いがけず安井さんを刺してしまった文果さんが、打ち明けたのは誰だったでしょう」

「おい……。僕のことを言ってるのか？」

「他にいますか？　文果さんに打ち明けられて、何としても事件を隠さなきゃならないと思って、文果さんにそう言い含めたのは、あなた以外にいません」

「君の勝手な想像だ！　あいつは、もともと何かあると焦ってとんでもないことをやるところがあった。自分で、どうしていいか分らなくなったんだよ、きっと。他のことは――あの世へ行って訊いてくるんだな」

納谷の口調に余裕が見えた。文果はもう証言できない、という安心感があるのだ。

亜矢子は嘆息《たんそく》して、

「そうですか……」

と言った。「じゃあ……仕方ないですね」

亜矢子は立ち上ると、店の入口の方へ歩いて行き、ガラリと戸を開けた。

――時間が止ったようだった。

「――文果」

納谷は、入って来た杉下文果を見て呆然としていた。

文果の後から、倉田刑事が入って来た。

「文果さんは思いとどまってくれたんです」

と、亜矢子は言った。

「文果、お前……」

納谷は必死に冷静になろうとしていた。「しかし――そうさ。僕は何もしてない。そうだろ、文果？」

文果は目を伏せた。

「納谷さん」

と、倉田刑事が言った。「ともかくお話を伺いたいので、同行願います」

「待ってくれ！」

と、納谷は言った。「分った。――確かに、文果から話を聞いて、誰にも言うなと言った。しかし――その後のことは、僕が言いつけたわけじゃない。うちの事務所の社長だ。社長が手を回したんだ。僕が巻き込まれるのを恐れて、『後は全部任せてくれ』と言った。文果、お前も聞いてただろ？」

文果は少したあらってから、

「納谷さんが社長さんに連絡しているのは聞いてました。でも、社長さんがどう言ったかは知りません」

「しかし、亜矢子にロケハンだと言って、監督のメモを偽造したのは、社長の指示だろ?」

「ええ……」

「ほら見ろ! 僕は知らない。ただ、文果から聞いたことを、社長に伝えただけだ」と、納谷はまくし立てるように言った。「有田由美を刺したのだって、文果が勝手にやったことだ」

「有田さん、後で私がスイートルームから出て来るのを見ていたんです」と、文果は言った。「自分が安井さんを殺したと思われるかもしれない、って後になって心配になったんです。ナイフを買ったりしてたわけですから。それで私をあそこへ呼び出して……。私、何とか由美さんの口をふさがなくちゃと思って。殺すつもりじゃなくて、ただナイフを見せて脅せば、由美さんは怖がって黙ってるだろうと思ったんです。由美さんは、私と二人で会うのが不安になって、亜矢子さんも呼び出していました。私は知らなかったんで、亜矢子さんを見てあわててしまい……。由美さんを傷つけてしまいました」

「でも、由美さんは黙ってたわ」

「スキャンダルに巻き込まれるのが怖かったんでしょう。スターというほどの立場でもなかったし……」

「ともかく」

と、倉田がくり返した。「お話を聞かせて下さい」

納谷は立ち上ると、

「逮捕状があるわけじゃないだろ」

と言った。「話はする。だが、今は疲れてるんだ。帰る。――改めて話をしに出向くよ」

納谷はそう言って、

「じゃ、監督。おやすみなさい」

と言うと、胸を張って店を出て行った。

「無理に連れては行けないな」

と、倉田は首を振って、「仕方ない」

倉田が、文果を連れて出て行った。

亜矢子は、正木のそばに座ると、

「納谷さん、きっと事務所の社長さんと必死で打合せるでしょうね」

「そうだな。――何とか納谷に罪が及ばないように、弁護士と相談するだろう」

「そうでしょうね」

と、亜矢子は肯いた。「映画も仕上げたいし……」

「しかし、よく杉下君を説得したな」

「ああ……」

亜矢子はちょっと首を振って、「説得するなんて余裕はなかったんです。飛び下りようとする文果さんの所まで駆けつけても間に合わなかったでしょう」

「それじゃ、どうやって……」

「とっさに、思い切り大きな声で叫んだんです。『カット!』って」

21　クランク・アップ

「カット!」

正木の声が響いた。

また、ちょっと早い、と亜矢子は思ったが、まあこれは大丈夫だろう。

少し間があった。スタジオの中がシンと静まり返る。

「――ＯＫ」

と、正木が言って、立ち上った。

スタジオの中の空気が、一気に緩んだ。

チーフ助監督の葛西が進み出て、

「このカットで、〈闇が泣いてる〉、クランク・アップです！　ご苦労さまでした！」

と、声を上げる。

拍手が起った。

ラストカットを撮り終えた水原アリサが、

「皆さん、ありがとうございました」

と、周囲のスタッフに何度も頭を下げた。

拍手が更《さら》に盛り上り、亜矢子は用意しておいた花束を正木に渡した。

「お疲れさん」

正木はアリサへ歩み寄ると、花束を渡した。

「監督、ありがとうございました」

アリサがちょっと涙ぐんでいる。

「いい芝居だった。いい映画になる」

「そうでしょうか」

「後は任せてくれ。スクリーンで君を輝かせて見せる」

「よろしくお願いします」

アリサは正木の手を握った。

「おい、亜矢子」

「はい。——全員、記念撮影です！　集まって下さい！」

と、大声で呼びかける。

照明や小道具などのスタッフも続々とやって来る。

横長のパネルに、〈正木組・闇が泣いてる〉とタイトルが入り、クランク・アップの日付が書き入れてある。

それを一番前に置いて、正木を挟んで水原アリサと有田由美、——スタントマンの森川も加わっていた。

ラストカットの、納谷の後ろ姿を、森川がつとめたのである。納谷は来ていなかった。

総勢四十人以上になろうか。——亜矢子は一番端《はじ》に立っていた。

カメラは市原の私物だ。今どき珍しいフィルムの一眼レフである。

セルフタイマーをセットして、

「行くぞ！」

市原が集合写真に加わる。少し間があって、パシャッとシャッターが落ちた。

「お疲れさん！」

一斉に散って行く人々。

亜矢子はいつもこの瞬間に、胸が熱くなる。たまたま、この映画に係った仲間たち。何十日かの間は、ほとんど家族以上に親密に過した人々。

しかし、こうして終ってしまえば、それぞれ次の仕事へと別れて行く。

その儚さは、映画という幻の持つ儚さに似ているかもしれない。

「亜矢子」

正木がそう言って、それ以上何も言わずに亜矢子の肩を何度か叩いた。

この映画は大変だった！　――どっちも、考えていることは同じはずだ。

「監督」

アリサが花束を抱えて言った。「〇号《ゼロごう》か初号《しょごう》の試写、見せていただけますか？」

最初のプリントでの、内輪の試写のことだ。

「それは勘弁してくれ」

と、正木は言った。「君には、仕上った状態のものを見てほしい」

「分りました。知らせて下さい」

「うん、必ずな」

アリサは、亜矢子の方へやって来ると、

「亜矢子さん。――本当にお世話になって……」

と言いかけて涙がこぼれる。

「お疲れさまでした。またご一緒できるといいですね」

と、亜矢子は言って、手を差し出した。

アリサは、その手を握る代りに、亜矢子に抱きついて来た。

主演のプレッシャーに押し潰されそうになっていたのだろう。亜矢子は、アリサが泣くに任せていた。

――安井殺害を巡るスキャンダルは、一時期ワイドショーや週刊誌をにぎわせていたが、もう忘れられようとしている。

杉下文果が安井を殺したのは「事故だった」とされ、文果が納谷のマネージャーだということも、ほとんど報道されなかった。

それは納谷の所属している事務所が、大手プロダクションの系列下にあって、そのプロダクションは政界ともつながりが深く、納谷の名が出ないよう、方々に手を回した、と言われていた。もっとも、それを知っているのは芸能界の人間だけで、噂は表に出ることがなかった。

倉田刑事は、亜矢子が車ごと海へ落とされたのを、殺人未遂として捜査していたが、いつの間にやら『トラック運転手が誤って車をバックさせた』過失によるもの、ということになってしまった。

時を同じくして、三橋邦子がホテルSの地下駐車場ではねられた件も、運転手が自首してきて『はねたことに気づかなかった』過失によるもの、として処理された。

納谷の事務所の社長がクビになり、姿をくらましてしまったことも、真相をうやむやのままに終らせる結果になったのである。

事件の報道に関連して〈闇が泣いてる〉の名が出ることはなかった。正木に言わせれば、

「上映中止にならないようにしてやった、ということだろうな」

その代り、事件について、これ以上騒ぐなという「無言の取引き」だったのだ。

〈闇が泣いてる〉は、残ったわずかなシーンを予定より数日遅れて撮り終えた。

納谷の出番はほとんどなかったので、吹き替えのロングショットと後ろ姿で済ませた。

「――監督」

森川が挨拶に来た。「お世話になりました」

「次の仕事が決ったら知らせるよ」

「ありがとうございます!」

「いきなり主役ってわけにはいかんだろうがね」

「スタントで結構ですよ」

と、森川は笑って握手すると、スタジオを出て行った。

「おい、亜矢子」

「はい」

「明日から忙しいぞ」

「承知してます。今夜は早く寝ますよ」

と、亜矢子は言って、ボロボロになったシナリオを抱え込んだ。

役者にとっては、撮影が終れば、もう仕事はない。むろん、同時録音できなかったロケシーンに声をアフレコで入れる、といったことはあるだろうが、今回はほとんどクランク・アップまでに終らせていた。

しかし、スクリプターの仕事はまだ終らない。これから正木がフィルムを編集するのに付合わなくてはならないのだ。

亜矢子が細かく書きとめた一つ一つの記録が必要とされるのである。

しかし、正木はご機嫌だ。

編集は自分の自由である。役者の都合、天候に左右されることはない。編集して、音楽を入れ、効果音を入れ、タイトルを入れる。

面倒な雑用に煩《わずら》わされることなく、ひたすら「いい作品に仕上げる」ために努力する。

——監督の一番楽しい時間である。

亜矢子は一つ一つのカットについて、

「あれはどうだっけ？」

「こいつはどっち向いてた？」

と、何でも訊いて来る正木にすべて答えなくてはならない。

見落としていたミスが出て来ないように祈るだけだ。

「飯でも食うか」

と、正木に言われて、亜矢子は、

「せっかくですけど、大和田さんを見舞に行きますので」

と言った。

「そうか。大切なスポンサーだ。よろしく言ってくれ」

「分りました」

亜矢子はスタッフルームに寄って、自分の荷物を持つと、撮影所を出た。

大和田の入院している病院へと向う途中、電車の中でウトウトしながら、亜矢子は、

「そろそろ、ちゃんと言わないと……」

と思っていた。

大和田の腰痛はほぼ治っているようだが、最上級の個室で、ホテル住いでもしているつもりらしかった。

ともかく――「結婚について、前向きに検討する」と言ってしまっている。

「検討した結果、やっぱり無理です」

と言わないと。

しかし、大和田を下手に怒らせると、正木の次回作のためのお金を出してくれなく

なるかもしれない。気を悪くさせないようにするには、どう言おうか？

　考えたり眠ったりしている内、電車を降りることになった……。


「あ、亜矢子さん」

応接セットや、付添い人のためのベッドまで用意されている病室へ入って行くと、安井真衣がお茶をいれていた。

「お父さんはいかが？」

病人のベッドは空《から》になっていた。

「今、リハビリに行ってるの。もう戻ると思うけど。――かけていて。お茶いれたところだから」

「ありがとう。――今日、〈闇が泣いてる〉、クランク・アップしたわ」

「おめでとう。色々ご迷惑かけて」

「いいえ」

真衣には沙也がいる。死んだ夫のことを、いつまでも嘆いてはいられないのだ。

「亜矢子さん」

と、真衣が言った。「父のこと、面倒みに来てたら、父が言ったの。うちの近くに、沙也を預けるのにちょうどいい学童保育所ができたって言ったでしょ？　あの学童保育所、父が建てたんですって」

「え？　じゃ、真衣さんのために？」

「そうなの！　やっぱり孫は可愛いのね」

「学童保育所経営まで始めたわけね」

「やってみたら面白いんで、これからいくつも作ろうなんて言ってるわ」

と、真衣は笑って言った。「あ、それよりね――」

と言いかけたとき、ドアが開いて、病室へ大和田が杖《つえ》をついて入って来た。

「何だ、女探偵が来てたのか」

「ご報告に。――あら、エリちゃん」

大和田について来ていたのは、貝原エリだったのである。「どうしてここに？」

すると大和田がベッドに腰をかけて、

「お前に言っとくことがある」

と、亜矢子の方へ言った。

「何でしょう？」

「俺はお前にプロポーズした」

「そうでしたね。私、そのことで――」

「プロポーズは取り消す」

「――は？」

「俺はこの子と結婚することにした！」

大和田は貝原エリの腰に手を回して抱き寄せた。――亜矢子は唖然として、

「エリちゃん！　いいの、あなた？」

「ええ。広吉ちゃん、とてもやさしいんですもの」

広吉ちゃん？　大和田がニヤニヤしながらエリを見上げている。

「ねえ、呆れるでしょ」

と、真衣が言った。「エリちゃん、十七よ」

「だから何だ。四十七歳しか違わん」

と、大和田は言った。「そういうわけだ。悪く思うな」

「いえ……。いいですけど……」

「むろん、お前もいい女だ。しかし、エリの方がずっと若い！　肌も張りがある」

「ずっと若い」には引っかかったが、

「おめでとうございます」

と、亜矢子は言った。

「でも、映画に出る夢は諦めないわ」

と、エリが言った。「広吉ちゃんも応援してくれるって」

「ああ。次の映画には、ぜひエリを出してやってくれ。頼むぞ」

大スポンサーの言葉は、無視するわけにいかない。――仕方ない。この世界では珍しい話ではなかった。

「監督に伝えます」

と、亜矢子は言った。

「亜矢子さん、私、スクリプターになりたいの。次の映画も手伝わせてね」

と、真衣が言った。

「そう……。頑張ってね……」

他にどう言っていいか分らない亜矢子だった。

病院を出ようとすると、入口から入って来たのは――。

「お母さん」

「あら、亜矢子」

東風茜は嬉しそうに、「明日、九州へ戻ろうと思ってるんで、大和田さんにちょっと挨拶しとこうと思ってね」

「大和田さん、当分九州へ帰らないと思うよ」

「あら、どうして？」

「本人に訊いて」

「いいわ。——あんた、夕飯でもどう？」

「いいね！　うんと高い店ね」

茜は笑って、

「じゃ、ここで待ってて」

と、エレベーターへと急いで行った。

亜矢子が病院を出た所で伸びをしているとケータイが鳴った。

「あ、倉田さんからだ」

倉田刑事にも「結婚を前向きに検討する」と言ってしまっていた！

「——もしもし」

「亜矢子さん、元気ですか？」

「ええ、まあ」

「事件のことは、納得できないでしょうが、申し訳ありません。力不足で」

「倉田さんのせいじゃないですよ」

「そう言われると……。え？　――あ、ちょっと待って」

向うで何か話している女性の声がする。

「倉田さん？」

「色々大変でしたが、一段落したので、僕は一旦故郷に帰って、幼なじみの子と結婚することにしました」

「は……」

「今、迎えに来てるんです。これから飛行機に乗るんで。――うん、行くよ。――じゃ、亜矢子さん、また……」

「はあ。――お幸せに」

と言ったときには、もう通話は切れていた。

完全に忘れてる！

亜矢子としては、別に結婚する気はなかったのだから、大和田も倉田も惜しくはない。

でも……こんなのって、あり？

亜矢子は、冷たい風に向って立つと、思い切り叫んだ。

「カット！」

解説

山前　譲

　昔は、映画監督になりたかった――赤川次郎氏はあるエッセイの冒頭でこう記している。そしてこう続けるのだ。〝ディレクターズチェアというのに座って、構図を考えたり、カメラをのせたクレーンの先に腰かけて、「用意、スタート!」なんて号令している姿を夢見たものである〟と。

　もしその夢が叶っていたら?　出版界に携わっている人、そして赤川作品の読者なら、とてもそんなことを想像したくはないだろう。ただ、〝紙の上で、生かそうが殺そうが文句も言わない登場人物たちを動かしている方がずっと楽である〟と気付いたので、結果として作家の道を歩みはじめたのだ。紙の上なら現実では無理などんな夢でも叶う。映画の監督にだってなれるのだ。

　二〇一六年三月から翌二〇一七年七月まで「小説現代」に連載されたのち、二〇一七年十二月に講談社より刊行されたこの『キネマの天使　レンズの奥の殺人者』は、そんな赤川氏の映画への愛が存分に発揮された長編である。かつて夢見た映画監督の撮影現場の姿が活写されているが、なにより特筆すべきは、三十二歳の東風《こち》亜矢子《あやこ》を主人公にした新シリーズの第一作だということだろう。

デビュー作「幽霊列車」に登場した永井《ながい》夕子《ゆうこ》や三毛猫《みけねこ》ホームズ、いつも元気な佐々《ささ》本《もと》家の三姉妹に警視庁でもっとも嫌われている大貫《おおぬき》警部など、赤川作品ではこれまで数々のユニークなシリーズキャラクターが活躍してきた。新たにその仲間に入ったのがスクリプターの亜矢子なのである。

スクリプター？　ちょっと耳慣れない職業かもしれない。作中では、いわば監督の女房役で、〝ワンカットの長さから、役者の動き、服装……。映像に映るすべてを記録して、つないだときに矛盾が出ないようにする〟と紹介されている。

映画によっては、シナリオのシーンの順番そのままに撮影したり、あるいはワンカットで撮ったりするものもある。しかし、たいていは効率的に場面を選んで撮影していく。しかし、観客はできあがったものを鑑賞するのだ。時系列的に連続し、場所的にも同じなのに、俳優の髪型や服装が違っていたらおかしいと思うだろう。ミステリー好きなら、そこで人物が入れ替わったと推理するかもしれない。そこで必要なのがスクリプターなのだ。

映画館で繰り返し観ているある映画で、突然気付いたことがあった。同じ日の場面なのに、十代前半のヒロインの顔にニキビみたいなものがあったりなかったり……何度目かの鑑賞からは、それが気になってストーリーに集中できなくなってしまった。ただ、これはスクリプターのせいではないかもしれないが。

亜矢子が直面した殺人事件も、スクリプターという職業が災いして起こったわけではない。今、亜矢子は正木《まさき》悠介《ゆうすけ》監督の〈闇《やみ》が泣いてる〉という作品のスクリプターを務めている。その映画の男優では一番のスター、納谷《なや》達郎《たつろう》をめぐってトラブルが起こる。彼のスタントマンである安井《やすい》が撮影所に来ていないというのだ。二階から飛び降りる場面があるのだが、納谷は絶対にやらないと言う。あわや亜矢子が――というところで代役が見付かってなんとか撮影はできた。ところがその代役は警視庁の刑事で、安井が殺されたというのである。

スタントマンという職業なら知っている人は多いだろう。もちろん今はスタントウーマンもたくさん活躍しているのだが、危険なシーンを専門に演じる人物である。たとえば激しくクラッシュするカーアクションだったり、高いところから飛び降りたり……。そして時には、〈闇が泣いてる〉のように俳優の代理となって危険なシーンを演じたりする。「ミッション：インポッシブル」シリーズでトム・クルーズがスタントマンなしで危険なシーンを演じていることはたびたび話題になっているが、映画のなかではスーパー・ヒーローであっても、彼のように高層ビルをよじ登ったり飛行機にしがみついたりすることができる俳優はなかなかいないだろう。

だからスタントマンは重要な職業だ。かといって実生活でも危険な目に遭うわけではない。ましてや殺人事件の被害者になるなんて！　映画の撮影はもちろん大切だが、亜矢子は彼の死の謎解きを片時も忘れてはいない。一方、その撮影現場でも色々なトラブルが起こり、映画界の人間関係の綾がさらなる事件を招いていく。そしてなんと、亜矢子の母まで乱入して！

新たなシリーズでなぜスクリプターを主人公にしたのか。どうして映画の世界を舞台にすることにしたのか。「IN★POCKET」（二〇一七・十二）掲載のロング・インタビューに、作者の意図するところは余すところなく語られている。そこに付け加えることはないので、解説はこのへんでエンドロール……。それでは原稿料泥棒と言われかねないので、赤川作品と映画の関係について触れておこう。

まず注目すべきは〈懐しの名画〉シリーズである。名画をモチーフにした連作で、『血とバラ』、『悪魔のような女』、『埋もれた青春』、『明日なき十代』とまとめられている。『ふしぎな名画座』は奇妙な名画座でひっそりと上映される懐かしい映画が、新たな物語を紡いでいた。『試写室25時』はべつに試写室で事件が起こるわけではないが、映画のタイトルやストーリーにまつわる連作だ。

『静かな町の夕暮に』では映画のロケ隊が地方の町を訪れている。高校の演劇部員がエキストラ出演しているが、ロケ隊が去ったあと、その演劇部員のひとりが殺されてしまうのだった。『ひとり夢見る』は異色作である。主人公のひとみの母は元映画女優だが、なんと十八年前にタイムスリップして、彼女は若き日の母と映画で共演してしまう。

シリーズキャラクターも映画に関係した作品がある。

花園学園高校の仲良し三人組、香子《きようこ》、旭子《あきこ》、由利子《ゆりこ》は『スクリーンの悪魔』で映画に出演している。といっても、もちろん（？）主役ではない。一年後輩の久米ゆかりがスカウトされ、映画の主役を務めることになったのだ。ところが、なぜか嫌がらせが続いたので、三人がボディガード兼エキストラで映画のロケに参加することになったのだ。『シンデレラの悪魔』では、試験休みを利用して温泉に行った三人が、大手プロダクションにスカウトされた三枝千秋《さえぐさちあき》と出会っている。彼女が主演の映画の撮影が始まったのだが、ロケ中に女優が死んで……。

暦《こよみ》通りに歳をとっていく杉原爽香《すぎはらさやか》のシリーズでは、矍鑠《かくしゃく》とした往年の大女優の栗崎《くりさき》英子《ひでこ》が印象的だ。爽香が勤めた高齢者向けケア付きマンションに住んでいたのだが、映画界に復帰したので、以後、爽香はそこかしこで撮影現場を訪れている。『牡丹色のウエストポーチ』では、ロケをしていた栗崎英子に危機が迫っていた。『三世代探偵団　枯れた花のワルツ』でもかつての大女優に映画主演の話が舞い込んでいる。

『三姉妹、さびしい入江の歌　三姉妹探偵団25』のように映画のストーリーにインスパイアされたもの、あるいは『盗みとバラの日々』や『泥棒桟敷の人々』のように映画のタイトルをもじったものまで挙げていけば、まさに切りがない。そしてエッセイ集『三毛猫ホームズの映画館』では映画への愛がたっぷり語られている。

赤川作品そのものも映画化されてきた。なかでも大林宣彦《おおばやしのぶひこ》監督による『ふたり』（一九九一年公開）はいわゆる「新・尾道《おのみち》三部作」の第一作で、姉を事故で亡くした高校生の少女の繊細な心情が胸に迫るのだった。

その大林監督の自伝『ぼくの映画人生』（二〇二〇年七月刊　実業之日本社文庫）の解説で、赤川氏はこう記している。

私が人生で「楽しかった記憶」をいくつかあげるとしたら、その一つは間違いなく映画「ふたり」の撮影現場を見に行った、尾道への旅である。

その旅がこの『キネマの天使　レンズの奥の殺人者』に生かされている……という
より、大林監督の映画人生がこの長編に少なからず投影されていることは、先に紹介
した「I N★P O C K E T」のインタビューで明らかなのだ。その大林監督が二〇二
〇年四月に亡くなった。後を追うかのように『ふたり』や大林監督の劇場用映画第一
作『H O U S E　ハウス』の脚本を執筆した桂千穂《かつらちほ》氏も八月に亡くなっている。二〇
二〇年は映画界にとって色々な意味で試練の年となった。

しかし、スクリプターの東風亜矢子は元気だ。シリーズ第二作『キネマの天使2
メロドラマの日』は正木監督と亜矢子、そしてシナリオライターの戸畑弥生《とばたやよい》が、新し
い映画の準備を進めている。ヒロインにぴったりの魅惑的な女優と出会ったのだが
……。またもや映画界に事件が勃発《ぼっぱつ》、である。

二〇一一年三月十一日の東日本大震災の前後の日本社会を見つめたエッセイ集『三
毛猫ホームズのあの日まで・その日から―日本が揺れた日』で赤川氏は、〝すぐれた
娯楽は楽しみだけでなく、勇気をも与えてくれるのである〟と記している。それが赤
川作品であり、そして映画であることは言うまでもないだろう。

本書は二〇一七年十二月に単行本として刊行されました。

|著者|赤川次郎　1948年福岡県生まれ。'76年に『幽霊列車』でオール讀物推理小説新人賞を受賞しデビュー。「四文字熟語」「三姉妹探偵団」「三毛猫ホームズ」など、多数の人気シリーズがある。クラシック音楽に造詣が深く、芝居、文楽、映画などの鑑賞も楽しみ。2006年、長年のミステリー界への貢献により、第9回日本ミステリー文学大賞を受賞。'16年に『東京零年《ゼロ》』で第50回吉川英治文学賞を受賞。'17年に著作が600冊を突破した。

キネマの天使《てんし》　レンズの奥《おく》の殺人者《さつじんしゃ》

赤川次郎《あかがわじろう》

講談社文庫

定価はカバーに
表示してあります

2020年12月15日第1刷発行

発行者──渡瀬昌彦
発行所──株式会社　講談社
東京都文京区音羽2-12-21　〒112-8001
電話　出版（03）5395-3510
　　　販売（03）5395-5817
　　　業務（03）5395-3615

Printed in Japan

デザイン─菊地信義
本文データ制作─講談社デジタル製作
印刷───株式会社KPSプロダクツ
製本───株式会社国宝社

ISBN978-4-06-520841-0

講談社文庫刊行の辞

二十一世紀の到来を目睫に望みながら、われわれはいま、人類史上かつて例を見ない巨大な転換期をむかえようとしている。

世界も、日本も、激動の予兆に対する期待とおののきを内に蔵して、未知の時代に歩み入ろうとしている。このときにあたり、創業の人野間清治の「ナショナル・エデュケイター」への志を現代に甦らせようと意図して、われわれはここに古今の文芸作品はいうまでもなく、ひろく人文・社会・自然の諸科学から東西の名著を網羅する、新しい綜合文庫の発刊を決意した。

激動の転換期はまた断絶の時代である。われわれは戦後二十五年間の出版文化のありかたへの深い反省をこめて、この断絶の時代にあえて人間的な持続を求めようとする。いたずらに浮薄な商業主義のあだ花を追い求めることなく、長期にわたって良書に生命をあたえようとつとめるところにしか、今後の出版文化の真の繁栄はあり得ないと信じるからである。

同時にわれわれはこの綜合文庫の刊行を通じて、人文・社会・自然の諸科学が、結局人間の学にほかならないことを立証しようと願っている。かつて知識とは、「汝自身を知る」ことにつきていた。現代社会の瑣末な情報の氾濫のなかから、力強い知識の源泉を掘り起し、技術文明のただなかに、生きた人間の姿を復活させること。それこそわれわれの切なる希求である。

われわれは権威に盲従せず、俗流に媚びることなく、渾然一体となって日本の「草の根」をかたちづくる若く新しい世代の人々に、心をこめてこの新しい綜合文庫をおくり届けたい。それは知識の泉であるとともに感受性のふるさとであり、もっとも有機的に組織され、社会に開かれた万人のための大学をめざしている。大方の支援と協力を衷心より切望してやまない。

一九七一年七月

野間省一

講談社文庫 最新刊

上田秀人
乱麻〈百万石の留守居役(十六)〉
加賀の宿老・本多政長は、数馬に留守居役らの前例の弊害を説くが。〈文庫書下ろし〉

池井戸潤
花咲舞が黙ってない〈新装増補版〉
花咲舞の新たな敵は半沢直樹!? 不正は絶対許さない——正義の〝狂咲《くるいざき》〟が組織の闇に挑む!

いとうせいこう
「国境なき医師団」を見に行く
大地震後のハイチ、ギリシャ難民キャンプなど、厳しい現実と向き合う仲間をリポート。

清武英利
トッカイ〈不良債権特別回収部〉
「しんがり」「石つぶて」に続く、著者渾身作。借金王が隠した6兆円の回収に奮戦する社員たちの記録。

神楽坂淳
うちの旦那が甘ちゃんで 9
金持ちや芸者を乗せた贅沢な船を襲う盗賊を捕らえるため、沙耶が芸者チームを結成!

斉藤詠一
到達不能極
南極。極寒の地に閉ざされた過去の悲劇が、現代に蘇る! 第64回江戸川乱歩賞受賞作。

佐々木裕一
姫のため息〈公家武者信平《のぶひら》ことはじめ(二)〉
公家から武家に、唯一無二の成り上がり! 紀州に住まう妻のため、信平の秘剣が唸《うな》る!

創刊50周年新装版

綾辻行人
緋色の囁き〈新装改訂版〉
全寮制の名門女子校で起こる美しくも残酷な連続殺人劇。「囁き」シリーズ第一弾。

小川洋子
密やかな結晶〈新装版〉
全米図書賞翻訳部門、英国ブッカー国際賞最終候補。世界から認められた、不朽の名作!

清水義範
国語入試問題必勝法〈新装版〉
国語が苦手な受験生に家庭教師が伝授する解答術は意表を突く秘技。笑える問題小説集。

中島らも
今夜、すべてのバーで〈新装版〉
なぜ人は酒を飲むのか。依存症の入院病棟を舞台に、生きる困難を問うロングセラー。

講談社文芸文庫

塚本邦雄
新古今の惑星群
解説・年譜＝島内景二
万葉から新古今へと詩歌理念を引き戻し、日本文化再建を目指した『藤原俊成・藤原良経』。新字新仮名の同書を正字正仮名に戻し改題、新たな生を吹き返した名著。
978-4-06-521926-3
つE12

塚本邦雄
茂吉秀歌『赤光』百首
解説＝島内景二
近代短歌の巨星・斎藤茂吉の第一歌集『赤光』より百首を精選。アララギ派とは一線を画して蛮勇をふるい、歌本来の魅力を縦横に論じた前衛歌人・批評家の真骨頂。
978-4-06-517874-4
つE11

講談社文庫　目録

芥川龍之介　藪の中
有吉佐和子　新装版 和宮様御留
阿刀田　高　ナポレオン狂
阿刀田　高　新装版 ブラック・ジョーク大全
相沢忠洋　「岩宿」の発見〈幻の旧石器を求めて〉
鮎川哲也　りら荘事件
赤川次郎　偶像崇拝殺人事件
赤川次郎　人間消失殺人事件
赤川次郎　三姉妹探偵団
赤川次郎　三姉妹探偵団2〈キャンパス篇〉
赤川次郎　三姉妹探偵団3〈珠美・初恋篇〉
赤川次郎　三姉妹探偵団4〈怪奇篇〉
赤川次郎　三姉妹探偵団5〈復讐篇〉
赤川次郎　三姉妹探偵団6〈危機一髪篇〉
赤川次郎　三姉妹探偵団7〈駆け落ち篇〉
赤川次郎　三姉妹探偵団8〈人質篇〉
赤川次郎　三姉妹探偵団9〈青ひげ篇〉
赤川次郎　三姉妹探偵団10〈父恋し篇〉
赤川次郎　死が小径をやってくる〈三姉妹探偵団11〉
赤川次郎　死神のお気に入り〈三姉妹探偵団12〉
赤川次郎　次女と野獣〈三姉妹探偵団13〉
赤川次郎　心地よい悪夢〈三姉妹探偵団14〉
赤川次郎　ふるえて眠れ、三姉妹〈三姉妹探偵団15〉
赤川次郎　三姉妹、呪いの道行〈三姉妹探偵団16〉
赤川次郎　三姉妹、初めてのおつかい〈三姉妹探偵団17〉
赤川次郎　恋の花咲く三姉妹〈三姉妹探偵団18〉
赤川次郎　月もおぼろに三姉妹〈三姉妹探偵団19〉
赤川次郎　三姉妹、ふしぎな旅日記〈三姉妹探偵団20〉
赤川次郎　三姉妹、清く貧しく美しく〈三姉妹探偵団21〉
赤川次郎　三姉妹と忘れじの面影〈三姉妹探偵団22〉
赤川次郎　三姉妹、舞踏会への招待〈三姉妹探偵団23〉
赤川次郎　三人姉妹殺人事件〈三姉妹探偵団24〉
赤川次郎　三姉妹、さびしい入江の歌〈三姉妹探偵団25〉
赤川次郎　静かな町の夕暮に
泡坂妻夫　花火と銃声
新井素子　グリーン・レクイエム
安能務 訳　封神演義 全三冊
安西水丸　東京美女散歩
トルーマン・カポーティ 安西水丸 訳　真夏の航海
綾辻行人　緋色の囁き
綾辻行人　暗闇の囁き
綾辻行人　黄昏の囁き
綾辻行人　殺人方程式〈切断された死体の問題〉
綾辻行人　鳴風荘事件 殺人方程式II
綾辻行人　十角館の殺人〈新装改訂版〉
綾辻行人　水車館の殺人〈新装改訂版〉
綾辻行人　迷路館の殺人〈新装改訂版〉
綾辻行人　人形館の殺人〈新装改訂版〉
綾辻行人　時計館の殺人〈新装改訂版〉
綾辻行人　黒猫館の殺人〈新装改訂版〉
綾辻行人　暗黒館の殺人 全四冊
綾辻行人　びっくり館の殺人
綾辻行人　どんどん橋、落ちた〈新装改訂版〉
綾辻行人　奇面館の殺人 (上)(下)
綾辻行人ほか　7人の名探偵
我孫子武丸　探偵映画
我孫子武丸　新装版 8の殺人

講談社文庫　目録

講談社文庫　目録

石田衣良　逆島断雄〈本土最終防衛決戦編1〉
石田衣良　逆島断雄〈本土最終防衛決戦編2〉
井上荒野　ひどい感じ―父・井上光晴
稲葉稔　椋鳥の影〈八丁堀手控え帖〉
井川香四郎　冬の蝶〈梟与力吟味帳〉
井川香四郎　日照り草〈梟与力吟味帳〉
井川香四郎　忍《すい》冬《かずら》〈梟与力吟味帳〉
井川香四郎　花《はな》詞《ことば》〈梟与力吟味帳〉
井川香四郎　雪の花火〈梟与力吟味帳〉
井川香四郎　鬼《き》雨《う》〈梟与力吟味帳〉
井川香四郎　科《しな》戸《と》の風〈梟与力吟味帳〉
井川香四郎　紅《くれない》の露〈梟与力吟味帳〉
井川香四郎　惻《そく》隠《いん》の灯《ひ》〈梟与力吟味帳〉
井川香四郎　三人羽織〈梟与力吟味帳〉
井川香四郎　吹《すい》花《か》の風〈梟与力吟味帳〉
井川香四郎　飯盛り侍
井川香四郎　飯盛り侍　鯛評定
井川香四郎　飯盛り侍　城攻め猪
井川香四郎　飯盛り侍　すっぽん天下

井川香四郎　御三家が斬る！
井川香四郎　御三家が斬る！〈殺しの鬼棲む妻籠宿〉
伊坂幸太郎　チルドレン
伊坂幸太郎　魔王
伊坂幸太郎　モダンタイムス(上)(下)
伊坂幸太郎　PK
伊坂幸太郎　サブマリン
絲山秋子　逃亡くそたわけ
絲山秋子　袋小路の男
石黒耀　死都日本
石黒耀　震災列島
石黒耀　忠臣蔵異聞〈家老　大野九郎兵衛の長い仇討ち〉
犬飼六岐　筋違い半介
犬飼六岐　吉岡清三郎貸腕帳
石川大我　ボクの彼氏はどこにいる？
石松宏章　マジでガチなボランティア
伊東潤　疾《はや》き雲のごとく
伊東潤　戦国鬼譚　惨
伊東潤　虚《うつ》けの舞

伊東潤　叛《はん》鬼《き》
伊東潤　国を蹴った男
伊東潤　峠越え
伊東潤　黎明に起《た》つ
伊東潤　池田屋乱刃
市川拓司　吸涙鬼
石飛幸三　「平穏死」のすすめ〈口から食べられなくなったらどうしますか〉
伊藤理佐　女のはしょり道
伊藤理佐　また！　女のはしょり道
石黒正数　外《げ》天《てん》楼《ろう》
伊与原新　ルカの方《はこ》舟《ぶね》
稲葉圭《よし》昭《あき》　恥さらし〈北海道警　悪徳刑事の告白〉
稲葉博《ひろ》一《いち》　忍者烈伝
稲葉博一　忍者烈伝ノ続
稲葉博一　忍者烈伝ノ乱〈天之巻〉〈地之巻〉
伊岡瞬　桜の花が散る前に
石川智健　エウレカの確率〈経済学捜査員　伏見真守〉
石川智健　エウレカの確率〈よくわかる殺人経済学入門〉
石川智健　エウレカの確率〈経済学捜査と殺人の効用〉

2020年9月15日現在

講談社文庫　目録

講談社文庫　目録

五木寛之　百寺巡礼 第二巻 北陸
五木寛之　百寺巡礼 第三巻 京都I
五木寛之　百寺巡礼 第四巻 滋賀・東海
五木寛之　百寺巡礼 第五巻 関東・信州
五木寛之　百寺巡礼 第六巻 関西
五木寛之　百寺巡礼 第七巻 東北
五木寛之　百寺巡礼 第八巻 山陰・山陽
五木寛之　百寺巡礼 第九巻 京都II
五木寛之　百寺巡礼 第十巻 四国・九州
五木寛之　海外版 百寺巡礼 インド1
五木寛之　海外版 百寺巡礼 インド2
五木寛之　海外版 百寺巡礼 朝鮮半島
五木寛之　海外版 百寺巡礼 中国
五木寛之　海外版 百寺巡礼 ブータン
五木寛之　海外版 百寺巡礼 日本・アメリカ
五木寛之　青春の門 第七部 挑戦篇
五木寛之　青春の門 第八部 風雲篇
五木寛之　親鸞 青春篇 (上)(下)
五木寛之　親鸞 激動篇 (上)(下)

五木寛之　親鸞 完結篇 (上)(下)
五木寛之　五木寛之の金沢さんぽ
井上ひさし　モッキンポット師の後始末
井上ひさし　ナ　イ　ン
井上ひさし　四千万歩の男 全五冊
井上ひさし　四千万歩の男 忠敬の生き方
井上ひさし　黄金《きん》の騎士団 (上)(下)
井上ひさし　一分ノ一 (上)(中)(下)
井上ひさし／司馬遼太郎　新装版 国家・宗教・日本人
池波正太郎　私の歳月
池波正太郎　よい匂いのする一夜
池波正太郎　梅安料理ごよみ
池波正太郎　わが家の夕めし
池波正太郎　新装版 緑のオリンピア
池波正太郎　新装版 殺しの四人〈仕掛人・藤枝梅安㈠〉
池波正太郎　新装版 梅安蟻地獄〈仕掛人・藤枝梅安㈡〉
池波正太郎　新装版 梅安最合傘〈仕掛人・藤枝梅安㈢〉
池波正太郎　新装版 梅安針供養〈仕掛人・藤枝梅安㈣〉
池波正太郎　新装版 梅安乱れ雲〈仕掛人・藤枝梅安㈤〉

池波正太郎　新装版 梅安影法師〈仕掛人・藤枝梅安㈥〉
池波正太郎　新装版 梅安冬時雨〈仕掛人・藤枝梅安㈦〉
池波正太郎　新装版 忍びの女 (上)(下)
池波正太郎　新装版 殺しの掟
池波正太郎　新装版 抜討ち半九郎
池波正太郎　新装版 娼婦の眼
池波正太郎　近藤勇白書〈レジェンド歴史時代小説〉(上)(下)
井上　靖　楊貴妃伝
石牟礼道子　新装版 苦《く》海《がい》浄《じょう》土《ど》〈わが水俣病〉
いわさきちひろ　ちひろのことば
いわさきちひろ／松本　猛　いわさきちひろの絵と心
いわさきちひろ 絵本美術館編　ちひろ・子どもの情景〈文庫ギャラリー〉
いわさきちひろ 絵本美術館編　ちひろ・紫のメッセージ〈文庫ギャラリー〉
いわさきちひろ 絵本美術館編　ちひろの花ことば〈文庫ギャラリー〉
いわさきちひろ 絵本美術館編　ちひろのアンデルセン〈文庫ギャラリー〉
いわさきちひろ 絵本美術館編　ちひろ・平和への願い〈文庫ギャラリー〉
石野径一郎　新装版 ひめゆりの塔
今西錦司　生物の世界
井沢元彦　義経幻殺録